KB176338

무화과가 익는 밤

푸른사상 산문선 38

무화과가 익는 밤

박금아 수필집

작가의 말

시간을 더듬어 다시 걸었다. 짧게는 며칠, 길게는 몇십 년을 머물렀다. 발목을 잡고 불화한 시간과 드잡이했다. 문장을 퇴고하는 일은 걸어온 발걸음을 수정하는 일이었다. 길이 문장이 되는 체험이었다.

수필가라는 이름을 얻고 6년. 지면에 발표했던 글들을 모았다. 덜컥 겁이 났다. 지극히 사적인, 사소한 이야기가 다른 사람에게 무슨 의미가 될까. 내 글은 편편이 울퉁불퉁했고 더군다나 울음투성이였다. 부끄러웠다. 출판사에 마지막 원고를 넘기기로 했던 날, 남해로 가는 시외버스에 몸을 실었다.

외딴 바닷가 마을에 도착했을 때는 저녁노을이 내리고 있었다. 포구는 밀물로 출렁이며 구멍 숭숭한 개펄을 어루만지고 있었다. 펄에 박혀 있던 목선 한 척이 떠올랐다. 가슴 언저리가 만져졌다. 내 썰물의 시간, 밀물이 되어 들어와 다독여준 손길들을 생각했다.

그 들물의 기억을 담으려고 했다.

글길의 바탕이 되어주신 어머니와 가족, 나의 후미진 포구로 찾아와 들물이 되어준 모든 인연에게 이 책을 작은 종이배로 띄워 보낸다.

2021년 5월

박금아

차례

제3부 달팽이의 꿈

제4부 동백꽃 피는 소리

제5부 조율사

제1부

푸른 유리 필통의 추억

달빛이 내리면 섬은 옥빛에 잠겼다. 하늘과 바다와 집터와 뒤란, 대나무 숲과 바람과 별……. 그리고 첫 사내 동무의 얼굴이 내 기억의 유리 필통 속에 푸른빛으로 담겨 있다.

길두 아재

오래된 사진 한 장을 발견했다. 예닐곱 살이나 되었을까. 낯익은 마당 한가운데에 어린 내가 서 있다. 곁에는 길두 아재가 닭에게 모이를 주다 말고 장난기 어린 표정을 짓고 있다. 닭들의 부산한 날갯짓 소리도 들려오는 듯하다.

어린 시절을 친가와 외가를 번갈아가며 보냈다. 두메산골 외가에는 이모들과 외삼촌이 모두 객지로 떠나고 할머니와 길두 아재만 살았다. 외할머니의 친정붙이였던 아재는 나의 아버지와 나이가 같았지만 내가 열 살이 다 되도록 장가를 들지 않고 외가에서 막서리로 지냈다. 기름한 얼굴에 숯덩이 같던 눈썹, 도탑던 목소리는 아직도 생생하다.

아재는 사람 좋은 물신선이었다. 특히 내게는 녠다했다.* 그런 아재가 물썽해 보였던지 나는 나쎄가 먹도록 떼꾸러기 노릇을 해서 어

* 아이나 아랫사람을 몹시 사랑하여 너그럽게 대하다.

디를 갈 때면 늘 아재 등에 업혀서 갔다.

음력 시월 열이레, 외할머니의 아버지 제삿날. 나의 외가에서 어머니의 외가가 있는 연오까지 이십 리가 넘는 산길을 외할머니와 아재는 바람만바람만 하며 갔다. 앞서 걷는 외할머니의 머리 위에는 정성스레 쪄낸 민어 광주리가, 허리춤에는 들기름에 노릇노릇하게 지진 국화전 소쿠리가 들려 있었다. 아재가 진 바지게 안에는 제사상에 올릴 몇 됫박의 햅쌀과 그해 과수원에서 수확한 잘 여문 조조리 배와 국광 몇 개가 실렸다. 외할머니가 지어준 솜 넣은 포플린 치마저고리를 입고서 나도 바지게에 제물처럼 담겨 발맘발맘 고개를 넘어갔다.

서리가 내리는 밤이었다. 보름을 갓 지난 달은 거울 속 같았다. 상강을 지난 때여서 들녘엔 채 거두지 않은 서속과 수숫대가 무거운 머리를 숙이고 있었다. 돌감나무와 산수유, 산사나무의 붉은 열매들이 달빛에 얼굴을 씻는 소리가 났다. 산국 향이 짙었다. 때론 여우가 나타난다고 하여 '여시고개'라고도 불리던 말티고갯길. 고개 모롱이엔 돌아가시기 전 외증조할아버지의 수염을 닮은 억새가 늦가을 밤을 근엄한 빛으로 흔들었다.

억새밭을 지나면 환삼덩굴밭이었다. 괴기스레 헝클어진 마른 넝쿨이 아재의 바짓가랑이를 와락 끌어당길 것만 같았다. 평소에는 아재처럼 다정하기만 하던 상수리나무도 그 밤엔 가량없는 몸짓으로 나 몰라라 하늘만 바라고 섰다가는 가분재기 여우 울음까지 불러들였다.

"워이리 훠……. 워이리 워……."

내 팔이 아재의 목을 끌어안으면 웬일인지 아재도 몇 번 헛기침을 했다. 그러면 대답이라도 하듯 저편에서 다시 여우 소리가 들려왔다.

"켁! 케겍! 훠이……."

이번엔 앞서 걷던 메리 녀석이 거들었다.

"컹! 컹!"

그러면 여우는 한층 앙칼지게 대꾸질을 해댔다. 사위스러운 소리에 천지가 얼어붙었다. 깜빡이던 별조차 하늘에 콕 박혀버린 듯 꼼짝 않았다. 바람이 불어올 때마다 금세라도 무슨 일이 일어날 것만 같았다. 아재가 밟는 낙엽 소리에 가슴이 오그라들었다. 바로 앞 참나무 숲에서 수리부엉이 한 마리가 우리를 쏘아보았다. 노란 눈망울에서 뿜어 나오는 빛이 어찌나 무섭던지 메리도 걸음을 딱 멈추고서는 휘둥그레 아재를 올려다보았다. 걱실걱실하던 아재도 무서웠던 모양이다. 고개를 돌려 속삭이는 소리로 나를 불렀다.

"자야,* 자나?"

"……."

나는 대답 대신 도꼬마리처럼 바지게 속을 파고들었다. 아재의 헛기침 소리가 더 낮게 들려왔다. 깜빡 잠이 들었던가 보다. 아재의 등은 세상보다 너른 꿈 밭이었다. 육이오 전쟁통에 집을 나선 후 돌아오지 않고 있던 외할아버지와 공무원 시험 공부를 하러 서울로 떠

---

* 아이 때의 내 이름

난 외삼촌, 시집간 후 한 번도 다녀가지 않았다는 그리운 둘째이모도 꿈속에서나 만날 수 있었다.

왁자한 소리에 잠을 깼다. 나는 빈 능금 소쿠리처럼 밀쳐져 방 한쪽 구석에 누워 있었다. 어른들의 등이 병풍처럼 가려서 어두컴컴했지만 제사를 끝내고 음식을 먹는 것 같았다. 고소한 산적과 어적 내음이 진동했다. 목구멍에서 꼴깍, 도리깨침 삼키는 소리가 올라왔다. 장지문 건너에서 들려오는 아이들 소리에 나도 일어나야겠다, 하고 있는데 누군가 아재를 불렀다.

"길두야, 가을걷이를 끝내는 대로 어푼 집으로 오니라. 올개는 꼭 혼례식을 올리야 한대이."

몸을 일으키려다가 말았다. 갑자기 눈물이 났다. 사람들에게 잊힌 채 혼자 쫄쫄 굶고 있어서 서러웠던 걸까. 그토록 고소하던 음식 냄새도 아이들의 장난 소리도 다 사라져버렸다. 훌쩍이는 소리를 들킬까 봐 방바닥에 얼굴을 묻고 울다가 다시 잠이 들었다.

또 꿈을 꾸었다. 사모관대를 한 길두 아재가 말을 타고 고샅을 빠져나가는 꿈이었다. 꽃가마 한 대도 뒤를 따랐다. 달음박질을 해보았지만 한 발짝도 뗄 수 없었다. 아재는 언제나처럼 환하게 웃는 얼굴로 손을 흔들며 멀어져 갔다. 꿈인 듯 생시인 듯 "흑흑!" 소리가 내 귀에 또렷하게 들려왔을 때였다. 아재가 나를 깨웠다.

"자야! 자야! 와 우노?"

감긴 눈꺼풀 속으로 환한 빛이 들어왔다. 설핏 눈을 떴을 때 하마터면 고함을 지를 뻔했다. 온 세상이 은빛이었다. 나는 아재의 바지게에 담겨서 된서리가 모다기로 쏟아져 내리는 길을 돌아가고 있었다. 멀리 외가가 보였다. 뒤꼍 대숲도 아재가 목말을 태워 올려주던 감나무도 마당도 꿈결인 듯 고요했다. 여우도 부엉이도 잠에 빠진 듯 산길엔 싸락싸락 갈잎에 서릿발 부딪는 소리만 났다.

오늘 밤에도 무서리가 내린다. 서랍 속 사진을 꺼내어 본다. 뚜벅 뚜벅 시간을 걸어 나온 길두 아재가 그날처럼 나를 깨운다.

"자야! 니, 또 와 우노?"

• 『좋은수필』 2018.12

별똥별

살대를 달았을까. 붉은 화살나무 이파리들이 무서리 내리는 산길을 떠다닌다. 별을 담은 듯, 이마에는 초록 등불 하나씩을 켜두었다. 불어온 바람에 단풍잎 하나가 길섶 실개천으로 날아가 나뭇잎 배가 되었다. 그 배를 타고 가면 은하수 건너 저만치에서 그리운 얼굴이 "자야!" 하고 부를 것만 같다.

초등학교에 들어가기 전 몇 해를 외가에서 살았다. 외할머니와 길두 아재뿐, 외딴집에는 사람 그림자라고는 좀체 비치지 않았다. 하루하루가 심심한 나날이었다. 나는 댓돌 곁에 누워서 대문 바라기만 하던 메리와 함께 아재 뒤만 졸졸 따라다녔다.

아재는 사람 놀려먹기 선수였다. 목말을 태워준다면서 나를 번쩍 들어 머리 위에서 빙빙 돌리다가 장독대 곁 감나무 가지에 얹어놓지 않나, 정화수 종지가 놓인 대청마루 시렁 위에 올려놓지 않나…….
그런 다음에는 마당에 서서 우스꽝스러운 몸짓으로 웃기는가 하면, 귀신 흉내를 내서 바짝 얼어붙게 했다. 살짝만 움직여도 감나무 가지가 "뿌지직" 하고 부러져 내리고, 종지가 떨어져 산산조각이 날 것만 같았다. 옴짝달싹 못하고 쩔쩔매다가 "앙!" 울음을 터뜨리면 그제야 아재의 장난은 끝이 났다.

그래도 나는 아재가 좋았다. 공기놀이할 때나 고무줄놀이, 자치기를 할 때면 늘 짝이 되어주었다. 겨울 산의 토끼몰이나 여름날의 물놀이도 아재와 함께 했다. 가을이면 저녁밥을 먹은 뒤에도 들일을 하러 갔다. 논틀밭틀을 지나 과수 밭머리에 서면 사과나무 사이로 막새바람이 불어왔다. 하늘에는 잔별들이 싸라기를 뿌려놓은 듯 하얗게 돋아났다.

별빛은 어느새 약해져 있었다. 개밥바라기별 하나가 큰 눈을 끔벅이고 있을 뿐이었다. 과녁빼기에서는 별똥별이 푸른 꼬리를 흔들며 내렸다. 아재는 별똥별이 떨어진 자리에는 아기가 태어난다고 했다.

"세상 사람은 다 별똥별에서 온 기다. 배내똥을 함 봐라. 냄새가 안 난다. 별이라서 그런 기라."

정말이었다. 셋째 동생이 태어나던 날에 처음 보았던 갓난아기의 똥도 꼬리별처럼 파랬다. 별똥별이 엄마 배에 들어가면 자라서 아기가 되어 나온다고 했다. 과연 별똥별이 내리고 몇 밤이 지나고 나면 아랫마을이나 윗마을에서 아기가 태어났다는 소문이 왔다.

아재는 세상에서 제일 맛있는 반찬은 '별똥별'이라고 가르쳐주었다. 밤하늘에서 사선을 그으며 떨어지는 유성을 보면 아재는 손을 번쩍 들어 찜하며 내게도 빨리 별을 맡아놓으라고 했다. 그러면 나는 자리에서 일어나 들판이 떠나갈 듯 큰 소리로 외쳤다.

"저기 저 별똥별은 내일 아침 내 반~찬!"

그러면 아재는 또 일러주었다. 다음 날 아침에 밥상을 받자마자 '내 반~찬!' 하고 별똥별을 부르면 전날 밤에 찜해두었던 유성이 반찬이 되어 오른다고 했다. 아재가 해준 말을 잊지 않으려고 다짐하다가 늦게야 잠이 들곤 했다. 그래도 한 번도 별똥별 반찬을 먹지 못했다. 아침이면 까맣게 잊고 말았으니까. 아재는 내가 밥을 다 먹기를 기다렸다가 밥그릇에 남은 대궁을 보면 또 놀려댔다.

"자야, 니 별 반찬은 우쨌노? 할매랑 내는 아까 맛있게 묵었는데."

그런 날 저녁이었을 게다. 할머니는 무슨 일인가로 외출했고, 집에는 아재와 나만 있었다. 저녁밥을 먹고 난 후 메리와 나는 오누이처럼 다정하게 앉아서 아재가 소여물을 작두질하는 모습을 보고 있었다. 아재의 장난기가 또 발동했다.

"니, 별똥별 반찬 함 묵어보고 싶제?"

그때 별똥별 하나가 우물 속으로 떨어져 내렸다. 벌떡 일어나 달려갔다. 우물 저 아래에서 별 하나가 흔들렸다. 두레박을 내려보냈다. 별은 담겼다가 빠져나오기를 반복할 뿐, 암만해도 담기지 않았다. 우물 안으로 머리를 넣어 몸을 숙였다. 발꿈치를 들어 조금만 더 숙이면 건질 수 있을 것 같았다. 조금만, 조금만 더……. 깜짝할 새에 우물 속으로 빠지고 말았다. "아재야! 아재야!" 몇 번을 부르다가 정신을 잃었다.

가물가물한 소리가 들려왔다.

"니도 아아도 큰일 날 뻔했던 기다. 시상에도……. 그리 짚은 새미를 우찌 타고 내리갔더노?"

살그래 눈을 떠 보니 방 안이었다. 외할머니는 아재에게 약을 발라주고 있었다. 팔과 등이 피투성이였다. 아재는 우물 속으로 미끄러져 내려가 나를 건져서 업고 다시 우물 벽을 타고 올라왔단다. 어른 키로 몇 길이 넘는 우물이었다. 온몸이 긁힌 자국이었는데 내 몸에는 상처 하나 없었다. 약통을 치우며 할머니가 말했다.

"인자는 느그들을 보낼 때가 된 기다. 더 데불고 있다가는 큰일 나겄다."

자는 척 눈을 감고 있던 나는 울음을 터뜨리고 말았다. 할머니가 놀라 물었다.

"아재한테 물을 떠돌라 카지 와 그랬더노?"

대답하려고 해도 자꾸 울음이 나왔다. 나는 더 큰 소리로 울기 시작했다. 내가 별똥별 때문에 그랬다고 하면 할머니는 분명 아재 탓을 할 것이었다. 내 가슴에 비밀이 생겨나던 날이었다.

어른이 되면 모르는 일이 많아지는 것 같다. 지금은 나도 알 수가 없다. 그날 우물에 빠진 일이 별똥별 때문이었는지 길두 아재 때문이었는지를.

• 『한국산문』 2017.12

적자(嫡子)

아버지가 배 문서를 들고 집으로 오던 날의 기억이 선하다. 집안의 여인네들이 방 안 가득 어머니 곁에 둘러앉아 머릿수건으로 눈물을 찍어내던 모습도 떠오른다. 문서가 담긴 싯누런 봉투를 앞에 두고 사람들은 말이 없었다. '어흥 11호'는 아버지가 물려받은 유일한 유산이었다. 할아버지가 소유한 십여 척의 배 가운데 제일 낡고 작은 배였다.

아버지는 서자(庶子)였다. 아들을 얻지 못한 할아버지가 씨받이로 맞아들인 여인의 몸에서 얻은 첫아들이었다. 아버지를 낳은 후, 생모는 강보에 싸인 아들을 행랑채에 남겨두고 새벽달처럼 사라졌다고 한다. 그 후 친할머니는 딸 하나를 더 낳았고, 이어 아들 형제를 내리 낳았다.

아버지는 중학교 졸업이 배움의 전부였다. 두 분 작은아버지가 서울 어느 대학에서, 당시로서는 이름도 생소한 연극영화과를 다닌 것에 비하면 턱없이 짧은 공부였다. 학교를 그만두고는 할아버지의 뜻을 따라 섬에서 집안의 사업을 도맡아 하느라 젊은 날의 대부분을 보냈다.

섬에는 늘 바람이 불었다. 시도 때도 없이 불어오는 바람은 가산은 물론, 사람의 목숨까지 앗아갔다. 태풍이 오는 날이면 아버지는 배를 띄워 바다로 갔다. 아버지가 이른 나이에 터득한 파도를 넘는 방식이었다. 바닷바람이 지나고 나면 육지에서는 더 큰 바람이 불어왔다. 섬사람들을 육지로 부르는 바람이었다. 살아온 터전을 떠나도록 뒤흔드는 바람에는 풍속을 가늠할 수 없는 광기가 서려 있었다. 섬사람들이 바람 앞에서 길을 잃고 흔들릴 때마다 일렀다.

"세상 바다에는 모다 풍랑이 이능 기라."

누구보다 뭍이 그리웠을 아버지였다. 깜깜한 밤, 멀리서 반짝이는 육지의 불빛은 속내를 흔들어댔을 것이다. 아버지가 자주 부르던 〈불어라 열풍아〉라는 노래가 떠오른다. 그럴수록 혼신을 다해 사업을 일구었다. 두 척이던 배는 십수 척으로 늘었고, 할아버지는 근방에서 최고 부자로 이름을 얻었다. 아버지는 누가 보아도 집안의 든든한 대들보였다.

출생부터 맞닥뜨린 바람으로 웬만한 바람에는 끄떡없던 아버지도 배 문서를 들고 오던 날에는 달랐다. 아버지의 눈빛이 태풍이 닥치던 날 마루 기둥에 걸려 있던 남포등처럼 격렬하게 떨렸다. 유산 배분을 두고 집안 어른들의 반대가 심했다. 큰소리가 연일 담장을 넘어갔다. 침묵하던 어머니가 나서고서야 수습이 되었다.

"아부이예에, 11호만이라도 고맙습니다아."

할아버지는 그 후, 주문처럼 되뇌었다고 한다.

“배를 와룡산* 꼭대기에 언쳐놓아도 수영이**는 만선을 이뤄낼 끼다.”

며칠 후, 아버지는 어흥호를 끌고 조선소로 갔다. 독에 올리고 보니 몸 구석구석이 성한 데가 없었다. 사람이 그렇듯이 배도 유한한 삶을 사는 존재다. 허가된 생명의 시간이 있다. 어흥 11호의 조업 연한은 20년이었다. 아버지에게 오던 때가 건조된 지 15년째였다니 완전한 노년이었다. 일만 하느라 큰 병원 문턱 한 번 밟지 못하고 바다에서 생을 보내기는 아버지도 마찬가지였다.

배 수리공이 노쇠해진 선체의 혈관을 뚫어 피돌기를 도왔다. 배 밑바닥을 살피는 일은 중요하다. 출렁이는 바다 위에서 반듯하게 서는 힘은 ‘바닥’에 있기 때문이다. 배는 받아들이고 내보내는 물의 양으로 균형을 유지한다. 평생의 삶으로 아버지는 누구보다 많이, 보이지 않는 바닥의 힘을 믿었다. 내과적인 진료가 끝나면 외과 수술을 감행했다. 이음새를 살펴 새 못으로 갈아 끼우고 거칠어진 나뭇결을 대패질했다. 거센 파도의 시간이 대팻날 속에서 동그랗게 말려 물고기 비늘처럼 반짝이며 떨어져 내렸다. 새로 돋은 11호의 살결이 발그레했다. 검붉게 탄 아버지의 마음에도 연분홍 새살이 돋았을까. 수리를 마친 배에서는 빛이 났다. 마지막으로 칠장이 갑수 아재가 선수와 선미를 돌며 페인트칠을 했다. 배의 밑바닥은 액(厄)이 스며

---

* 경상남도 삼천포에 있는 산

** 아버지의 이름

들지 못하도록 붉은 옻칠을 했다. 배의 양쪽 볼에 이름을 쓸 차례였다. 긴장 속에 붓의 한끝이 '어흥 11'의 마지막 숫자 '1'의 꼬리를 허공에 살포시 떨어뜨리면, 고사상이 차려진 조선소 마당에서 박수가 파도처럼 터져 나왔다. 칠을 끝낸 뱃머리가 큰절을 올리는 아버지의 가르마처럼 반듯했다. 마침내 돛장이 아재가 여러 날을 공들여 만든 돛이 돛대 끝에 내걸리고, 사람들은 푸른 하늘가까지 만선의 고기 떼가 득실거리기를 빌었다.

새로운 생이 시작되었다. 이제 11호는 파도가 무서워 작은 바다에서 잡어를 잡는 초라한 목선이 아니었다. 단단한 근육질의 장정으로 다시 태어났다. 아버지도 할아버지를 돕기만 하던 조수가 아니라 진짜 선주가 되었다.

어흥 11호는 아버지와 같은 걸음이었다. 어선 대부분이 기계선으로 바뀌던 시절, '우다시'라고 불리던 그 배는 바람을 이용해서 바다를 건너던 돛배였다. 동력선들이 요란한 소리로 앞다투어 달려가 먼저 그물을 내려도 어흥호는 한결같은 걸음새였다. 앞질러 가 자신의 차지를 주장해본 적 없는 아버지의 걸음걸이 그대로였다.

배움이 짧았어도 고기가 노니는 자리를 알고 고기가 모여들던 때를 아는 것은 평생을 함께했던 바다가 아버지에게 남겨준 특별한 유산이었다. 그물을 던지고 끌어올리는 때를 판단하는 것도 바다에서 잔뼈가 굵은 아버지의 손끝이 기억하는 감각이었다. 11호도 온몸으로 화답했다. 흑산도와 추자도, 제주도 바다가 아버지 앞에 엎드리며 제 속에 품은 것들을 푸짐히 내놓았다. 덕분으로 삼천포항은 우리 배가 갑판에서 풀어놓은 고기들과 만선을 구경 나온 사람들로 자주 성시를 이뤘다. 생애 가장 화려했던, 하늘 끝 가득 오색 깃발이 펄럭이던 아버지의 전성기였다.

아버지의 기일, 제사상에 누군가 할아버지의 숟가락도 올려두었다. 오랜만에 할아버지와 한 잔을 나누었는지 사진틀 속에서 아버지는 제법 거나해졌다. 아버지 곁에는 11호가 아직도 정박 중이다. 생애처럼 파도는 여전히 기세를 높여 일어나고 있다. 아버지를 태운 어흥 11호가 출렁이는 바다를 향해 뱃머리를 돌린다. 돛대 높이 돛이 펄럭인다.

아버지는 바다의 적자(嫡子)가 되었다.

• 『제8회 해양문학상 작품집』 2014

깃발

친정에서 보(褓) 하나를 가져왔다. 너비가 60에 길이 50센티미터쯤 되는 '다후다'*로 된 것인데 어머니는 "그까짓 것을 어디에다 쓰려고……." 하면서도 소중히 싸주었다. 집에 와서 보니 크기가 어중간해 탁자보의 쓰임도 아니고, 번들거림이 심하여 벽걸이로도 마뜩잖았다. 그렇다고 버림치로 낼 것은 아니어서 서랍장에 넣어두었다.

어머니는 춘분 무렵이면 깃발을 만들었다. 네모반듯하게 끊어낸 다후다 천에 물고기가 그려진 습자지를 올려놓고 재봉질을 하면 노루발 끝에서 민어와 조기, 방어들이 부화하여 나왔다. 미끈한 몸통에 비늘과 지느러미가 돋고 눈이 생겨나면 인두질을 했다. 웬만한 온도 변화에도 진득한 무명과는 달리, 다후다는 성질이 파르르하여 까딱했다간 오그라들기 일쑤였다. 마지막으로 참빗살 같은 아가미

---

* 광택이 있는 얇은 평직 견직물. 태피터(taffeta)

가 붉게 수놓이면 방 안은 금세 "파드닥" 물질 소리로 가득하고, 완성된 깃발은 고기떼를 따라 문지방을 넘어 마당으로, 바다로 힘차게 나아갔다.

춘분날이면 섬은 축제 분위기였다. "신랑 입장!" 소리에 맞춰 식장에 들어서는 새신랑처럼 섬 집 장대와 고깃배의 돛대 끝에는 색색의 깃발이 늠름하게 나부꼈다. 선창에서는 첫 출어를 앞두고 풍어제가 열렸다. 고사상은 정성을 다한 제물로 가득했는데 어린 내가 보기에는 아버지가 칼로 오려 만든 왕문어 꽃이 최고였다. 오색찬란한 옷을 입은 무녀가 북채로 "둥!" 하고 용왕신을 부르면 하얀 도포 차림의 아버지가 앞에 나가 큰절을 올렸다. 지켜보던 사람들도 깊이 머리를 숙여 풍어를 비손했다.

그날엔 수평선을 넘어오는 찬바람에서 순한 기운이 만져졌다. 시퍼렇기만 하던 바닷물에도 연둣빛이 설핏했다. 북소리에 맞춰 깃발이 예민한 촉수로 돛대를 흔들면 사방 천지에 축문이 내걸렸다. 뱃고사가 끝나면 깃발은 소망을 안고 바다로 갔다. 사람들은 두 손을 모은 채 깃발이 수평선 너머로 사라져가는 것을 뚫어져라 보며 만선이 되어 오기를 바랐다.

바다의 봄은 언제나 높은 파도를 넘고서야 왔다. 섬은 풍랑에 휩싸인 배처럼 자주 출렁댔다. 살아 있는 것들을 삼켜버릴 듯한 바람 앞에 모두가 숨죽인 밤, 이불 속에 머리를 파묻고 있으면 마당 장대 끝에서 짐승의 거친 숨소리가 들려왔다. 그럴 때면 뱃사람들의 비명에 잠긴 얼굴들이 떠올랐다가 사라지곤 했다.

어느 해였던가. 입춘 무렵에 바다로 나갔던 순덕이 아재가 돌아오지 않고 있었다. 딸 셋을 낳고 늘그막에야 아들을 얻은 기쁨에 큰 바람이 온다는 예보를 듣고도 그물을 실었다. 아들이 생겼으니 배를 더 열심히 타야 한다며 사립문에 숯과 빨간 고추를 매단 새끼줄을 단단히 쳐두고 나선 것이 마지막이었다. 감때사납던 바람이 금줄마저 삼켜버린 그날 밤, 집안 곳곳에서는 깃발들의 외마디 소리가 들렸다고 했다.

며칠 태풍이 지나간 아침 바다는 순한 햇살로 반짝였다. 섬은 퀭한 눈빛으로 바다의 끝 선만을 응시하고 있었다. 바다는 단절을 선언하듯 침묵으로 빗장을 쳤다. 사람들은 깃발이 빗장을 제치고 돌아오기를 간절히 기다렸지만, 깃발은 배와 함께 깊이를 알 수 없는 심연 속으로 사라지거나, 모든 것을 바다에 묻고 저 혼자 돌아오기도 했다.

궂긴 소식이 날아들면 마당 장대에서 깃발을 내렸다. 깃발이 없는 섬은 적막 같았다. 슬픈 곡조의 해조음과 바닷새 소리뿐, 사람들의 말소리라곤 들리지 않았다. 어른들의 표정은 어느 때보다 침울했고, 아이들은 진혼제를 지켜보며 슬픔을 배웠다.

영원할 것 같던 침묵도 깃발이 오르면 끝이 났다. 깃발은 장대 끝에 매달렸다가 한 해의 어장을 마무리하는 날이면 뱃사람들처럼 다시 땅으로 내려왔다. 임무를 다한 깃발들은 먹이 사냥에서 맹수의 이빨에 사지를 찢긴 동물의 최후 같았다. 어머니는 정성을 다했다. 흩어진 신체를 수습하듯 만신창이가 된 깃발을 가지런히 접어 부엌 한쪽에 따로 떼어두었던 짚 위에 얹어 태우고, 남은 재는 뒤안 대밭에 묻었다. 새벽이면 어머니가 가없이 올리던 기도도 함께 묻혔다.

집집 방문 틈으로 재봉질 소리가 새어 나오기 시작하면 어느새 춘분이 와 있었다. 춘분날 아침이면 어머니가 밤을 새워 만든 깃발이 마당에 내걸리고, 다른 집 하늘가에서도 새 깃발이 나부꼈다.

깃발은 숨이 되었다. 섬의 혈관 속으로 푸른 피돌기가 시작되면 사람들은 몸을 추슬러 일어났다. 전신이 찢기면서도 다시 바람 앞에 서는 장대 끝 깃발처럼, 스스로의 깃발이 되어 파도에 맞서 바다로 갔다.

● 『수필세계』 2015. 봄호

앞돌

제주도 돌 박물관에 갔다가 돌멩이 하나를 보았다. '앞돌'이라고 적힌 팻말에는 이렇게 적혀 있었다.

> 크지 않은 돌 중앙에 홈을 내거나 자연의 홈을 이용하여 줄을 걸고, 반대편의 줄을 그물에 연결하여 어로작업을 할 때 그물이 늘어질 수 있도록 달았다.

하루를 걸어도 다 돌아볼 수 없으리만치 넓은 곳이었다. 선돌이며 고인돌이며 집채보다 큰 바위 속에서 귓불만 한 돌 하나가 눈에 띈 것은 무슨 까닭이었을까.

사람의 발길이 닿을 성싶지 않은 후미진 곳에서였다. 어구(漁具)로 쓰인 돌을 모아둔 전시관은 대숲으로 둘러싸인 데다 어둠과 냉기 탓에 등골이 오싹할 정도였다. 그런데 이상한 일이었다. 서둘러 떠나야겠다고 생각하면서도 나도 모르게 조명등 스위치를 찾았다. 유리장 안에서 기적이 왔다. 몇 번 깜빡거린 끝에 꼬마전구가 켜졌다. 전시장 내부가 부연 바닷속 같았다. 가느다란 빛줄기가 돌멩이를 비추었다. 내 속에도 한 줄기 빛이 스몄던가.

어느새 내 손은 빈 호주머니를 만지작거리고 있었다. 어린 날의 섬 집 마당이 떠올랐다. 수북이 쌓인 그물을 가운데 두고 동네 어른들이 둘러앉아 돌을 달았다. 바다 갈매기와 파도의 울음 속에서 아이들 몇은 공기놀이를 하고, 몇은 머리에 그물을 뒤집어쓰고 깔깔대며 마당을 뛰어다녔다. 작업을 끝낸 그물을 돌담에 "척!" 걸치는 소리가 들려오고, 화들짝 놀란 도마뱀 한 마리가 담쟁이 넝쿨 사이로 줄행랑쳤다.

그물에 돌을 다는 작업은 섬에서는 늘 하는 일이었다. 잠시 쉴 때나 손님이 왔을 때도 어른들은 손을 놓지 않았다. 고기를 많이 잡으려면 그물을 물고기가 지나는 물길 아래에 쳐놓아야 하는데, 가벼워서 물 위에 뜨는 것을 무겁게 하려고 돌을 매달았다. 그물추 역할을 하는 그 돌을 제주에서는 '앞돌'이라고 부르는 모양이었다. 내 고향에서는 무엇으로 불렀는지 알 수 없지만, 돌에 대한 느낌만은 또렷했다.

육지에 있는 학교를 다니느라 섬에 사는 부모님과 동생들은 방학 때나 만날 수 있었다. 방학이면 섬 구석구석을 돌며 뛰놀다가 개학 전날에야 밀린 숙제를 했다. 어머니도 그날엔 밤늦도록 곁에서 그물 일을 했다.

겨울방학을 끝내고 섬을 떠나오던 날의 아침이 떠오른다. 어머니는 꼭두새벽에 일어나 밥을 지었다. 뿐디 콩밥과 개조갯살로 끓여낸 미역국이 놓인 밥상을 받아들면 어머니는 부지깽이로 아궁이를 뒤적였다. 발갛게 달아오른 돌멩이들이 "탁! 타닥!" 소리를 내며 굴러 나왔다. 그물에 매달 때 쓰는 돌이었다. 꺼낸 돌은 바닥에 굴려서 불의 센 기운을 뺀 다음, 무명천으로 싸서 집을 나설 때 호주머니에 넣어주곤 했다.

"손 시리다. 개와* 속에 꼭 느놓크라이."

그 돌들이 '앞돌'이 되어 나의 말들을 속 깊은 곳에다 꾹꾹 가라앉혔던 걸까. 어머니와 함께 선착장까지 가는 동안 아무 말도 할 수 없었다. 나도 동생들처럼 섬에 있는 학교에 다니고 싶다고, 부모님과 함께 섬에서 살고 싶다고 하고 싶었다. 그런데 한 번도 하지 못했다. 그렇지 않아도 힘든 어머니에게 떼를 쓰면 안 될 것 같았기 때문이다. 도선이 섬을 떠날 때도 인사말조차 건넬 수 없었다.

배가 바다 가운데에 이르렀을 때쯤에야 고개를 들어 섬을 보았다. 어머니는 아직도 그 자리에 있었다. 바람에 날리는 광목 치맛자락이 수십 개의 손이 되어 어룽거렸다. 바라만 볼 뿐, 나는 호주머니에서 손을 빼지 않았다. 돌멩이에서 손을 떼면 선창가 끄트머리에 간신히 발을 붙이고 서 있는 어머니가 가뭇없이 사라져버릴 것만 같았다. 섬에서 멀어질수록 배는 너울을 탔다. 물결 속으로 어머니의 모습이 사라졌다가 떠올랐다. 그러기를 반복하다 보면 어머니는 파도에 묻히고, 섬도 묻혔다.

그맘때면 영화의 마지막 장면처럼 발동기가 소리를 높였다. 반대

* '호주머니'의 경남 방언

편에서 지평선이 떠올랐다. 뱃전에서 한참 이야기꽃을 피우던 어른들은 짐 보따리를 챙기며 그제야 혼자 있는 나를 알아봤다는 듯 한마디씩 건넸다. "이리 애린 아를 혼자 떼놔서 우짜노……. 에미도 아아도 참 모질다." 그 말에 간신히 참았던 눈물이 갑판 위로 뚝 떨어져 내렸다. 뭍은 언제나 그렁그렁한 눈물 속에서 왔다.

학교에 가서도 호주머니에서 손을 빼지 않았다. 수업이 끝나고 집으로 돌아가면 돌멩이들을 꺼내어 책상 위에 얹어놓고 바라보곤 했다. 어머니와 동무들과 바다 생물들의 껌벅이는 눈망울이 검은 돌 위에 돋아났다. 돌들은 밤이면 그리운 소리를 불러왔다. 눈을 감으면 바닷새 울음과 함께 어머니가 자주 부르던 〈매기의 추억〉이 들려왔다.

신기한 일은 시간이 지날수록 돌에서 온기가 느껴지는 것이었다. 풀이 죽어 있다가도 돌멩이만 보면 힘이 났다. 돌들은 책상에서 내려와 꼬막손 안에서 공깃돌이 되어 머물다가 제자리로 돌아가곤 했다. 그러구러 지내다 보면 육지에서의 날들이 갔고, 돌에 먼지가 앉을 무렵이면 어느새 방학이 눈앞에 와 있었다. 새 학년이 시작되면 그 자리에는 어김없이 새로운 돌이 놓였다가 똑같은 과정을 거쳐 떠나갔다.

그 어린 날, 나의 돌멩이들은 다 어디로 간 것일까. 한 번도 입 밖으로 나온 적 없이 내 속에서만 살아 '내 말들의 집'이 되었을까? 그리하여 나를 이루는 밑돌이 되었을지도 모르겠다. 바다에 던져져 뭍으로 올라오지 못한 '앞돌'이 깊은 바다 밑바닥에서 '물고기들의 집'이 되었듯.

돌 박물관 한 귀퉁이에서 기억의 저편에 꼭 닫혀 있던 유년의 유리장을 만났다. 문을 열어 그 반가운 이름 앞에 새 이름표 하나를 놓아두었다.

'앞돌'

한 번 데워지면 영원히 식지 않는 세상에서 가장 따뜻한 불돌. 이름을 떠올리기만 해도 사람의 마음을 평온의 바다에 내려주는 어머니와 같은 돌.

● 『선수필』 2020. 봄호

동박새

"찍, 찌찌……."

쉴 새 없이 넘나드는 새의 날갯짓에 숲이 깨어난다. 동백이 피었다는 소식에 마음은 벌써 남쪽에 가 있었다.

다섯 시간을 달려 도착한 1월의 여수 바다는 온통 붉은 꽃빛이다. 동백꽃 그늘에 앉으니 고향 바다가 밀려온다. 기억의 갈피들이 파도로 왔다가 하얀 거품으로 사라진다. 포말 속에 작은 옷 보퉁이를 안고 대문간으로 들어오던 까만 눈망울의 소녀가 서 있다.

순옥이가 우리 집에 온 것은 열 살 때였다. 그해 겨울 고깃배를 타고 바다에 나갔던 그 애의 부모가 큰 태풍에 실종된 후였다. 다섯 자매는 친척집으로 흩어져 갔지만, 순옥이가 갈 곳은 없었다. 다리를 저는 탓이었다. 소문을 들은 어머니는 한달음에 달려가 데려왔다. 한때 아이의 아버지가 우리 배의 선장이었던 인연 때문이었다. 서열로 치면 우리 집에서는 셋째 딸이었다. 둘째, 넷째와는 한 살 차이였으니 어우렁더우렁 잘 살 것 같았다.

그 아이에게서는 부모를 잃은 티라고는 찾을 수 없었다. 날쌘 몸짓은 4대가 이루는 층층의 가지를 넘나들며 식구들 가슴을 쏙 파고들었다. 동박새를 빼닮은 까맣고 또랑또랑한 눈은 어둠 속에서도 먼 데까지 꽃가루를 물어다 날랐다. 모두 순옥이만 찾았다. 동기간에는 새로운 놀이를 만들어서 인기를 끌었고, 어른에게는 싹싹했다. 기억력도 좋아서 전화를 걸 때마다 "몇 번이고?" 하면 다부진 입술 사이로 숫자가 줄줄 새어 나왔다.

어장을 하는 우리 집에는 바람이 잦았다. 그 애가 오던 때도 아버지의 사업이 태풍을 만나던 시기였다. 순옥은 어지간한 바람에도 떨어져 나갈 것 같지 않았다. 발가락으로 가지를 휘감아 쥐고 꼿꼿이 앉아 동백을 지키는 모습이 추운 겨울날 날아든 동박새였다.

어찌 그만한 바람에 날아갈 줄 상상이나 했을까. 사춘기의 바람은 회오리를 불러왔다. 태어날 때부터 한쪽 다리가 짧은 장애는 바람을 부채질했다. 다리 수술을 시켜주려고 전국 병원을 찾아다닌 어머니의 정성도 허사였다. 또래의 놀림을 견디지 못하고 중학교 진학을 포기했다. 우리 자매들이 상급 학교로 가면서 순옥이는 더 외톨이가 되었다.

갑자기 동백 숲이 요란하다. 동박새 한 마리가 다급히 날아오른다. 그 뒤를 몸집이 큰 직박구리가 매정하게 몰아붙이는 중이다. 쫓기던 새는 앉기를 포기하고 다른 나뭇가지로 날아갔다. 저만치에서 떠나온 곳을 바라보는 새의 눈빛이 순옥이처럼 슬펐다. 그렇게 한참을 보더니 체념한 듯 축 처진 날갯짓을 하고는 어디론가 가버렸다.

덧난 상처가 치유되기 어려운 것은 첫 상처가 준 두려움의 깊이 때문일지도 모른다. 가족을 잃고 혼자 남의 집으로 왔던 일은 철들면서부터는 감당하기 힘든 아픔이었을 거다. 툭하면 지난 상처에서 덧이 났다. 딱지가 앉을 시간이 없었다. 툭툭 털어버릴 일도 싸움이 되었다. 순옥은 친자매들을 찾아 떠났다. 더부살이가 녹록했을까. 달포 후에 돌아왔다가 다시 집을 나가는 일을 반복했다. 우리는 덩치 큰 직박구리였는지 모른다. 가지 끝으로 내몰린 순옥은 날아갈 곳을 찾았다.

고단한 날개를 접기 위해 택한 것은 결혼이었다. 열 살이나 많았던 남편은 고깃배를 타는 사람이었다. 남편이 바다에 나가 여러 날씩 집을 비우는 사이에 어판장 일을 했다. 손이 야무진 순옥이는 금방 소문이 났다. 남편에게는 의처증이 있었다. 사람들의 칭찬이 자자해질수록 순옥은 폭력에 시달렸다.

친정 길은 멀어졌다. 반대를 무릅쓴 결혼인데도 잘 살지 못해 미안했을까. 명절에도 순옥이 대신 모진 소문이 다녀갔다. 남편을 피해 겨울에는 제주에서 귤을 따고, 여름에는 도시에서 아파트 공사장을 따라다니며 객지를 떠돈다는 말이 들려왔다. 남이 낳은 자식 키워줘봤자 헛일이라는 말까지 날아들어 우리 집은 바람 속이었다.

살아 있는 모두는 서로를 향한 절실함 속에서 존재하는 것 같다. 동백꽃과 동박새처럼 상대가 없는 겨울은 고통의 시간이다. 곤충이나 꽃이 없으니 동백은 가루받이를 할 수 없고, 동박새는 먹을 것 없이 긴 겨울을 보내야 하기 때문이다. 세한지우에 비유할까. 동백은 찬바람 부는 날 향기도 없이 피어나는 자신을 찾아오는 동박새를 버선발로 뛰어나가 맞는다. 어찌 동박새와 동백꽃뿐일까. 사람도 저 혼자만으로는 꽃을 피울 수 없다. 부모가, 동기간이 손잡아주고 바라보아주어야 한다. 동박새 없는 동백나무 숲처럼 순옥이가 없는 우리 집의 겨울은 황량했다.

밤이 새기를 기다린 듯, 아침 일찍 전화벨이 울렸다. 동박새 울음처럼 반가운 소리였다. 순옥이였다. 딸막딸막한 목소리에서 얼음이 박혔을 언 손이 만져졌다. 막 고향 버스터미널에 내렸다고 했다. 밤새 불어온 바람에 베란다 동백이 붉은 꽃봉오리를 틔운 날이었다.

동백은 혹한을 넘기고서야 더 붉어진다던가. 지금쯤이면 고향집 마당엔 동박새 소리 낭랑하겠다. 어머니는 대문을 활짝 열어두었을 테지. 순옥이가 처음 오던 그날처럼.

● 『좋은수필』 2018.1

어린 손님

초등학교에 들어가기 전, 신섬에 살 때였다. 우리 집에 귀한 손님이 온다고 했다. 서울에 사는 어머니의 친가 쪽 조카였다. 나보다 서너 살 많은 언니뻘로, 어머니에게서 여러 번 이야기를 들은 적이 있어서 궁금했다.

육지에서 시집온 어머니는 사방이 막힌 섬에서 아이들 키우는 일이 걱정이었다. 열대여섯 가구의 사람들로만 살아가던 신섬에서는 두어 달 만에 오는 방물장수나 어쩌다 오는 친인척이 가져다주는 이야기가 바깥소식의 전부여서 누구네 집에 손님이라도 오는 날엔 섬 사람 모두가 그 집으로 모여들었다. 그런 날 어머니는 꼭 나를 데리고 갔다. 그러니 우리 집에 오는 손님은 말할 것도 없었다.

어머니는 몇 날 며칠을 두고 손님 맞을 준비를 했다. 집 안팎을 청소하고, 광에서 놋그릇을 꺼내어 닦고, 이부자리도 새로 푸새했다. 음식도 정성스레 마련했다. 할아버지 밥상에 올리던 계란도 소쿠리에 모아만 두더니 언니가 오던 날 아침에 다 깨트려서 카스텔라를 만들었다. 언니랑 잘 지내라는 당부도 잊지 않았다. 덩달아 나도 언니와 함께 쓸 방을 몇 번이나 쓸고 닦으며 만날 날을 손꼽아 기다렸다.

드디어 그날, 도선에서 내리는 언니를 보고는 얼어붙는 줄 알았다. 하얀 피부에 감색 물방울무늬 원피스를 입고 반질반질하게 땋아 내린 갈래머리는 생전 처음 보는 사람이었다. 크고 동그란 두 눈을 똑바로 뜨고 "안녕하세요?" 할 때는 어찌나 맑고 곱던지 인간이 내는 소리가 아닌 것 같았다. 그 무렵 우리 집 안방 마루에는 한복을 곱게 차려입은 인형 하나가 유리갑 속에 있었는데 단추를 누르기만 하면 "안녕하세요? 안녕하세요?" 하고 인사를 했다. 조금 전에 들은 언니의 목소리는 그 소리와 똑같았다.

서울 어느 방송국의 어린이 합창단원이라는 언니는 노래를 퍽 잘했다. 입 모양은 내 방 처마 밑에 있던 새끼 제비가 노란 입을 벌려 어미가 물어다주는 먹이를 받아먹을 때보다도 더 귀여웠다. 게다가 삼각형 쇠막대를 들고서 젓가락 같은 것으로 톡톡 치는 모습이라니……. 막대를 든 뽀얀 손등은 국그릇에 담긴 모시조개 같았다. 어른들의 관심이 언니에게로 다 옮아가버린 느낌이었다. 나는 안중에도 없어 보였다. 평소의 근엄한 태라고는 없이 한 마디라도 더 붙여보려고 애쓰는 모습이 안쓰러울 정도였다. 언니는 새침해하면서도, 꼬박꼬박 대답을 잘도 했다.

어머니는 시시때때로 나를 불러서는 언니와 이야기를 좀 해보았냐고 물었다. 그런데 꿀 먹은 벙어리가 되었던 걸까. 한마디도 할 수가 없었다. 어린 내 생각에도 내 말은 너무 촌스러웠다. 언니는 닷새를 머물다 갔는데 떠날 때 인사도 제대로 못했다. 가고 나서 보니 방윗목에 언니가 갖고 왔던 악기가 남아 있었다. 어머니는 잘되었다며 나더러 가지라고 했다. 그런데 그것을 보고 있으면 이상한 기운이 느껴졌다. 귀엽고 상냥스러운 언니 얼굴이 떠오르면서 선머슴아 같은 내 행동이 조심스러워졌다. 혼자 있을 때면 옷매무시를 단정히 하고 거울 앞에 서서 언니처럼 두 손을 모으고 노래를 부르고, 말투를 흉내 내보기도 했다.

언니가 산다는 서울은 어떤 곳일까. 나도 서울로 가고 싶었다. 이 학년 때였던가. 음악책에서 언니가 두고 간 그 악기가 트라이앵글이라는 것을 알았다. 맑게 울려 퍼지는 소리를 듣고 있노라면 눈앞에 서울이라는 곳이 떠올랐다. 작은 삼각형의 세 면을 부딪고 나오는 아련한 소리가 달려가 다다르는 맨 끝 지점이 서울일 거라는 생각을 했다. 그때부터 내게 세상은 바다와 신섬과 서울이라는 세 개의 꼭짓점으로 이루어진 공간이 되었다. 서울은 내가 수평선을 넘어 마지막에 다다를 육지의 끝이자, 신섬과 바다를 제외한 모든 땅의 총칭이었다.

나의 스무 살, 드디어 서울로 왔다. 열세 시간이나 걸리는 기차를 타고서였다. 얼마나 많이 그려왔던지 처음 본 서울은 오래전부터 봐온 곳 같았다. 서울 생활이 익숙해지자 언니 생각이 났다. 어머니에게 알아보니 독일로 유학을 떠났다는 소식과 함께 십 년 후에나 돌아올 거라고 했다. 언니가 공부하러 갔다는 독일은 또 어떤 곳일까. 가고 싶었다. 여러 사정으로 그 꿈은 이루지 못했지만, 독일은 언젠가는 내가 꼭 가야 할 곳이 되었다. 그런데 신기한 일이 일어났다.

결혼 후 해외 근무 발령을 받은 남편을 따라 독일로 가게 되었다. 언니를 만날 생각에 들떴다. 그곳에 사는 동안 어머니에게 받은 주소로 수소문해보았지만, 언니의 행방을 알 길은 없었다.

지금도 궁금해진다. 내가 언니를 따라서 서울로 독일로 간 것은 우연이었을까.

어떤 사람은 존재하는 것만으로도 누군가에게 꿈이 될 수 있는 걸까. 어린 날 섬 집에 왔던 어린 손님은 천사였을까. 아주 먼 곳에서 나의 미래를 챙겨 들고 와서 나를 인도해주고 떠난. 평생을 통하여 한 번밖에 만나지 못한 그 언니는.

● 『한국산문』 2020.3

푸른 유리 필통의 추억

달빛이 내리면 섬은 옥빛에 잠겼다.

하늘과 바다와 집터와 뒤란, 대나무 숲과 바람과 별……. 그리고 첫 사내 동무의 얼굴이 내 기억의 유리 필통 속에 푸른빛으로 담겨 있다.

아버지는 늘 삼천포 오일장에 갔다. 장터에서 사 온 물건들은 어구와 생활용품이 대부분이었지만 가끔 특이한 것도 있어서 숨죽여 장바구니 속을 들여다보곤 했다. 초등학교 입학을 앞둔 해의 어느 날이었다. 필통 하나가 들어 있었다. 한 뼘 조금 못 되는 가로에, 세로가 두어 뼘 정도 되는 넓적한 유리 필통이었다. 뚜껑에 여러 개의 오목렌즈 같은 것이 달린 푸른 바다색 이 층 필통이었는데 아버지는 학교 갈 때 주겠다며 장롱 위에 올려놓았다.

어른과 아이를 다 합해도 백 명이 안 되는 작은 섬이었다. 내 또래라고는 동갑내기 돌이와 귀남이, 두 명이 더 있었고 위아래로 예닐곱 명이 있었다. 동갑내기 중에 남자아이는 돌이뿐이었다. 바다와 감풀, 섬길……. 온 섬이 놀이터였다. 섬 꼭대기에 있는 산밭에서도 갱변*에서도 아이들의 소리가 끊이지 않았다.

바다는 제일 좋은 놀이터였다. 아침밥을 먹고 나면 갱변으로 갔다. 아이들은 배우지 않아도 새로운 놀이를 만들었다. 모여 재잘거리는 소리는 세상 하나뿐인 이야기가 되었고 노래가 되었다. 숨바꼭질할 때면 갱변은 아이들 소리로 쩌렁쩌렁했다.

꽁– 꽁– 숨어라, 귀때기가 보일라
꽁– 꽁– 숨겨라, 발꾸락이 보일라
뻘뚝게가 고추를 물어도, 꼼짝 말거라
성게가 똥구멍을 찔러도, 꼼짝 말거라

해가 쨍쨍한 날이면 오줌누기놀이를 했다. 비렁** 위에서 오줌을 누면 오줌 줄기가 모락모락 김을 내며 바위를 타고 흘러갔다. 오줌이 바다까지 닿으면 백 살까지 살고, 멈추면 일찍 죽는다며 내가 오래 사느니, 네가 더 오래 사느니 실랑이를 벌였다. 입씨름으로도 판가름 나지 않으면 미역을 끌어다 오줌 길이를 재느라 시끄러웠다. 또 오줌이 만나면 누가 누구랑 결혼한다고 하고, 새 줄기를 만들면 아이를 낳았다고 하며 빨갛게 익은 얼굴로 깔깔댔다. 내 오줌은 돌이의 오줌과 만나 몇 개의 줄기를 내며 바다로 흘러가곤 했는데 그

---

* '바닷가'의 경남 방언

** '바위'의 경남 방언

때마다 돌이는 빨개져서 집으로 가버렸다.

나이가 들면서는 해녀놀이나 낚시놀이를 했다. 돌이는 전복따기 선수였다. 크고 좋은 전복은 내 바구니에 담아주곤 해서 어머니께 드리면 그날 저녁 할아버지 밥상에 올랐다.

돌이가 전복을 따는 동안, 아이들은 고기를 잡았다. 노끈에 잇갑*을 달아서 바다에 내리면 볼락과 노래미 같은 고기들이 놀란 눈을 하고 수면 위로 올라왔다. 잡은 고기는 통발에 넣고 놀다가 심드렁해지면 놓아주었다. 고기들은 물속에서 몸을 한 번 파르르 떤 다음, 헤엄쳐 갈 방향을 생각이나 하듯이 잠시 멈췄다가는 꼬리지느러미를 세차게 흔들며 바닷속 저편으로 사라지곤 했다. 그때쯤이면 아이들의 옷은 흠뻑 젖어 있었다.

누군가 풍덩! 하고 바다로 뛰어들면 한바탕 소란이 일었다. 나는 숨을 최대한 참아가며 바닷속 보기를 좋아했다. 놀란 참게가 옆걸음질 치며 돌멩이 밑으로 몸을 숨기면, 춤사위를 펼치던 문어는 다리를 모은 채 화살표 모양으로 걸음아 날 살려라 도망치고, 놀란 파래들은 소스라쳐 더욱 파래졌다.

멱을 감다 추워지면 비렁에서 몸을 말렸다. 파도에 닳아 반질반질한 바위는 갱변에 내리쬐는 햇살로 따끈따끈했다. 옷을 널어놓고 옆에 배를 깔고 누우면 뱃속에서 꼬르륵 소리가 났다. 바닷가에 널린 미역귀는 맛있는 간식거리였다. 오도독오도독 미역귀 씹는 소리에 옷은 금세 말랐다. 아이들은 비렁 위를 기어가는 갯강구를 잡느

---

* '미끼'의 경남 방언

라 또 물에 빠지면서 한나절에도 몇 번씩 옷을 적셨다 말렸다 했다.

갱변은 한 번도 같은 얼굴을 한 적이 없었다. 암만 파헤쳐도 하룻밤만 지나고 나면 새 얼굴로 맞았다.

어느 날이었다. 잔치가 있었던지 어른들은 한복을 차려입고 육지로 가고, 섬에는 아이들만 남았다. 그날은 바닷물이 많이 빠져서 감풀이 넓게 드러났다. 개불과 선복, 성게가 손으로 줍듯이 잡혔다. 갱변에 엎드려 정신없이 주워 담았다.

"뛰어!"

돌이의 고함에 고개를 드니 커다란 밀물 더미가 코앞에 와 있었다. 엎어지고 넘어지며 달렸지만 갱변의 끝은 저만치에 있었다. 옆에 있던 큰 바위로 올랐다. 바위는 끝부분만 남기고 물에 잠겨버렸다. 어둠이 내리고 있었다. 바다에는 한 척의 고깃배도 지나가지 않았다. 내가 울자 귀남이가 울고, 돌이도 울었다. 울음 메아리가 바다에서 올라오는 귀신 소리 같아 꾹 삼킨 채 벌벌 떨고 있는데 어른들이 횃불을 들고서 우리를 부르는 소리가 들렸다.

"자야아! 돌아! 귀남아!"

바다에서 어떻게 나왔는지 알 수 없지만, 집에 다다랐을 때의 기억은 또렷하다. 돌이가 망태기를 열어 무언가를 건네려고 할 때였다. 집 안에서 어머니의 화난 음성이 들려왔다.

"퍼뜩 안 들어오고 뭘 꾸물거리노?"

횃불에 돌이의 겁에 질린 얼굴이 비쳤다. 돌이는 전복을 꺼내어 주고 자기 집 쪽으로 달음박질쳐갔다. 어머니는 평소와 달리 전복에 눈길도 주지 않았다. 다음 날부터 밖에 나갈 수 없었다. 돌이도, 어머니와 너나들이하며 일을 돕던 돌이 아지매도 오지 않았다.

겨울이 끝나갈 무렵이었다. 아버지가 불러 앉혔다.

“니는 인자 삼천포에 있는 핵교로 갈 끼다. 할바시, 할매 말씀 잘 듣고 공부 열심히 해야 한대이.”

두 개의 입학선물을 받았다. 유리 필통과 함께 문밖출입이 허락되었다. 그래도 놀 수 없었다. 섬길에서도 갱변에서도 아이들을 만날 수 없었다.

삼천포로 가기 며칠 전, 어머니는 나를 데리고 돌이네로 갔다. 돌이 아지매와 어머니는 이야기를 나누며 자꾸 눈물을 훔쳤다. 다음 날부터 아지매는 우리 집에 다시 왔다. 돌이도 왔다. 필통을 보였다. 뚜껑에 돌이의 부러워하는 눈빛이 가득 떴다.

며칠 후, 아버지를 따라 삼천포로 갔다. 할머니 집에서의 시간은 길고 지루했지만 꾹 참았다. 방학 때 부모님과 섬 아이들을 만나면 ‘수’가 가득 담긴 통지표를 보여주려고 열심히 공부했다. 밤이 되어 심심해지면 필통을 들고 마당으로 나갔다. 필통 뚜껑에 달린 오목렌즈에 수십 개의 달이 뜨고 내 얼굴이 떴다. 내 필통은 세상에 하나밖에 없는 것을 여러 개로 만들어주었다. 처음 필통을 보던 날, 신기해하던 돌이의 눈망울까지도.

방학 날, 도선에서 내려 개똥이 할매집을 지나면 담벼락 밑에서 돌이가 걸어 나왔다. 돌이는 히죽이 웃어 보이고는 말없이 집을 향해 뛰어갔다. 그애의 손끝에서 잇감을 담은 ‘남양분유’ 깡통이 출렁거렸다. 나의 짧은 몽키 커트 머리와 빨강 멜빵 가방도 덩달아 찰랑거렸다.

3학년 여름방학 때였다. 그날은 개똥이 할매집 돌담을 지나도 돌이가 보이지 않았다. 우리 집까지 가도 없었다. 마루에 가방을 던져 놓고 돌이네로 갔다. 그애네는 우리 집을 지나 섬 오른쪽 맨 끄트머리에 있었는데 돌이 아버지가 문둥병 환자가 되면서부터 살았다. 돌이는 방에서 화투패를 펼치는 아저씨 곁에서 시중을 들곤 했는데 아무도 없었다. "돌아!" "돌아!" 마당 삽초들이 빈 대답을 보내왔다. 집으로 와 저녁도 먹지 않고 방에 누웠는데 밖에서 어른들이 하는 이야기 소리가 들렸다.

"돌이네는 부산에서 잘 사능가 모르겄네. 굶지는 않컸제."

"섬사람이 도회지에서 벌어 묵꼬 살라 카모 힘들 낀데……."

그날 밤, 식구들이 잠들기를 기다려 돌이네로 갔다. 필통을 들고서.

사리 때였던 것 같다. 한달음에 달려가던 흙길이 바닷길이 되어 있었다. 걸음을 옮길 때마다 발목에서 찰바당거리는 소리가 났다. 물속은 푸른 유리 필통 같았다. 바닷물 위로 여러 개의 달이 떴다가 사라졌다. 돌이네 집에 이르자 달은 하늘에 올랐다.

조개껍질과 사금파리가 뽀얗게 돋아난 마당을 가로질러 부엌으로 갔다. 달빛이 벽에 걸린 돌이의 전복 망태기를 푸르게 비추었다. 망태기 속에 가지고 간 필통을 넣었다. 돌이가 오면 열어보기를 빌며. 부엌을 나와 방 앞에 섰을 때였다. 환청인 듯, 잠꼬대가 들려왔다. 부산에서 학교 운동장을 맘껏 달리는 돌이의 꿈소리가.

그해 여름, 나는 갯바람을 맞으며 신섬 구석구석을 쏘다녔다. 돌이와 멱감던 날, 먹이를 찾아 뜨거운 비렁 위를 헤매던 갯강구처럼.

• 『한국수필』 2021.2

제2부

무화과가 익는 밤

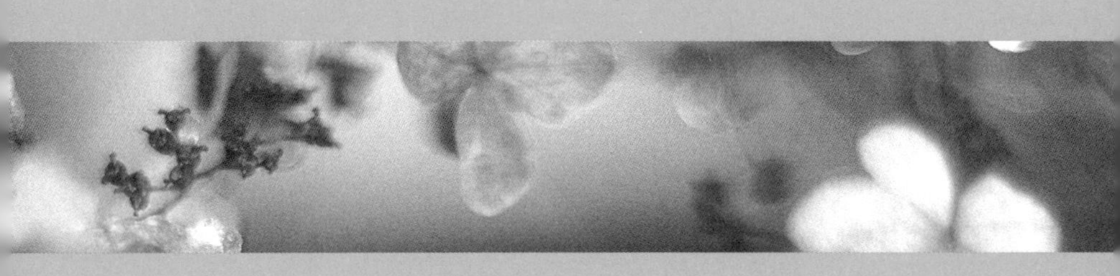

할머니 집 대문을 열고 들어서면 적막이었다. 탱자 빛을 내며 마루 기둥에 달려 있던 알전구, 마당 깊이 내리던 달빛, 꼬막 조개처럼 꼭꼭 다문 문(門)의 입들……. 내 방은 그 맨 끝에 있었다.

태몽

어머니는 나를 잉태하던 날의 꿈 이야기를 자주 했습니다. 흰 말 한 마리가 앞발에 태극기를 달고 고향 앞바다를 솟구쳐 날아오르는 꿈이었다지요. 위인전이나 영웅전의 서두를 읽는 것 같기도 하고, 신비한 나라의 동화 같기도 한 그 이야기를 어찌나 많이 들었던지 장면 장면이 눈앞에 생생합니다.

"눈매가 스글스글한 놈이 갈기가 참말로 멋진 기라. 실한 몸띵이에서는 은빛이 자르르 늠치고 촌지가 다 눈이 부신 기라!"

태몽 이야기를 할 때면 어머니는 평소와 달랐습니다. 상기된 얼굴에 목청이 높아지면서 말이 빨라졌지요. 단호한 입매에서는 고집스러운 자부심 같은 것이 느껴졌습니다. 첫아기를 잉태한 새댁이 꿈에 거는 기대가 컸을 만도 합니다. 귀하다는 백마가, 그것도 태극기를 달고 하늘을 나는 꿈이었다니까요. 어머니는 당신의 맏자식이 큰 인물이 될 예언쯤으로 받아들였던 모양입니다. 가끔 성공한 자녀를 둔 어머니들이 텔레비전에 나와서 자랑스레 밝히곤 하는 탄생의 비

화처럼 말이지요.

어머니는 당신의 꿈을 내비친 적이 없습니다. 살아온 내력으로 짐작할 뿐입니다. 산골에서 자란 갓 스물 꽃새댁이 외딴섬에 떨어져 어장 일을 도맡아 건사하기란 상상을 넘는 고통이었을 겁니다. 섬을 떠나는 것이 유일한 꿈이었을 테지요. 현실은 당신을 오랏줄로 꽁꽁 묶었을 겁니다.

태몽의 위력은 대단했습니다. 정주간에서 숨어 울던 새색시를 제법 당당한 걸음으로 부엌문을 넘어서게 했으니까요. 겨울 파도를 헤치고 노를 저어 육지로 물 길러 갈 때도, 여름날 장작불로 밥을 지어 머리에 이고 조선소로 나를 때에도 용사 같았습니다. 배 속 아기에게 약속된 황금 미래를 생각하면 힘이 솟았을 테죠.

아들이라고 믿었던 아기는 낳고 보니 딸이었습니다. 그래도 실망하지 않았습니다. 일이 바빠 외할머니에게 보내면서도 섬에 머물 때는 산밭이나 발막 어디든 데리고 다니며 가르쳤습니다. 학교에 갈 나이가 되어서는 삼천포 친할머니댁으로 보냈습니다. 섬에도 학교가 있었지만 육지에서 공부해야 한다는 이유였지요. 고등학교는 서부 경남의 교육도시, 진주로 갔습니다. 명문 여고 입학시험에 낙방했을 때도 어머니는 서운했을 마음을 감추고 오히려 미안해했습니다.

"멀미 때무이다. 시험 날 아즉에 생전 처음 타보는 빼스를 타고 가라캔 내 잘못이다."

대학은 서울로 갔습니다. 1970년대만 해도 삼천포에서 서울로의 유학은 몹시 어려운 일이었습니다. 딸아이는 더욱 그랬지요. 요즘 유행하는 말로 금수저라야 가능했습니다. 아버지의 사업이 기울던 무렵이었으니 순전히 태몽 덕이었습니다. 집안 어른들의 눈치가 심했지요. 딸 여섯에 아들 하나인데 딸에게 큰 공부시키려다가 아들 공부 망치겠다고요. 그래도 어머니는 고집을 꺾지 않았습니다.

대학생이 되고 사회생활을 하고부터는 태몽 이야기를 더 자주 들었습니다. 빙 둘러앉은 사람들 사이에서 어머니는 뿌듯해 보였습니다. 딸이 당신의 기대에 못 미치는 결혼을 했을 때도, 번듯한 직장을 그만두고 전업주부로 들어앉았을 때도, 그 후 맥없이 시간이 흘렀어도 꿈을 접지 않은 듯했습니다. 내가 오십 중반을 지날 때까지도 태몽 야화는 계속되었으니까요. 그런데……. 어머니의 꿈은 바다 깊숙이 잠겨버리기라도 한 것일까요? 꿈대로라면 지금쯤에는 태극기가 내걸린 어느 곳에서 한자리 차지하고 있을 법도 한데, 어디에도 이름 한 자 올리지 못하고 평범한 주부로 살아가고 있을 뿐이니 말입니다.

언제부터인가 태몽 이야기가 부담스러워졌습니다. 슬그머니 자리를 피하고 마는 내 마음을 읽었을까요. 어머니는 더는 꿈 이야기를 하지 않습니다. 나의 꿈도 그때 떠나갔을지 모릅니다. 아니, 훨씬 전부터이군요.

결혼하면서부터 내 속을 채우고 있던 꿈들을 훌훌 떠나보내야 했습니다. 결혼 초, 하루도 빠짐없이 섬을 도망칠 꿈을 꾸었을 어머니처럼, 신혼에 든 첫날부터 나는 매일 집을 뛰쳐나가는 생각을 했으니까요. 나에게 새로운 꿈이 생긴 건 어미가 되면서부터입니다. 아이들이 꿈이 되어주었지요. 그로부터 십 년의 바퀴를 세 번 넘게 돌아오는 동안 아이들을 키워내며 화려하지도 초라하지도 않은 여정을 무탈하게 건너올 수 있었습니다.

그런데 요즘 들어 부쩍 어머니에게 죄송한 생각이 듭니다. 딸이 제 길을 가면서부터입니다. 힘든 통과의례의 시간이 있었지만, 엄마의 뜻을 존중해준 딸아이가 고맙습니다. 한편으론 나는 어머니의 꿈을 이루어드리지 못했다는 미안한 마음이 하루에도 몇 번씩 불쑥불쑥 밀고 올라옵니다. 이제 와서 뭘 할 수 있을까요? 맨눈으로는 글자 하나 제대로 읽을 수 없는 나이에 이르렀으니 말입니다. 새 안경을 맞추고 보니 어머니와 똑같은 안경입니다. 젊은 날의 근시 안경으로는 볼 수 없던 것들이 보이더군요.

어머니와 함께 목욕탕에 갔을 때입니다. 등을 밀어드리다가 멈칫하고 말았어요. 동그마니 굽은 어머니의 등뼈 속에서 추억이 되어버린 '어머니의 꿈'을 보았습니다. 어느 가수가 불렀던 노랫말처럼, '버려지고 찢겨 남루하여도 가슴 깊숙이 보물과 같이 간직했던'* 어머니의 옛꿈이 문신처럼 새겨져 있었어요.

그날 나는 대중탕 바닥에 앉아 어머니가 몸으로 들려주는 태몽 이야기를 듣고 또 들었습니다. 오랜만에 어머니의 두 뺨에 발그레한 빛이 돌았습니다.

● 『현대수필』 2017. 가을호

---

* 노래 〈거위의 꿈〉에서 인용

어장(漁場)

친정집에는 작은 유리장이 하나 있습니다. 희부연한 유리창과 빛바랜 나뭇결에서 오랜 세월이 느껴집니다. 친척 아재 손에 들려 우리 집 문지방을 넘어오던 때가 오십 년이 지났으니 생애를 같이 한 식구입니다. 기우뚱한 모습은 어머니의 구부정한 어깨를 닮았습니다.

어머니의 여든 번째 생신날, 칠 남매가 모였습니다. 모두 안부를 묻듯이 유리장 앞을 기웃거립니다. 유리장도 침침해진 눈을 껌뻑이며 알은척합니다. 책 한 권을 꺼내어 무르팍 위에 누이고 귓불을 만지작거리면 책이 귀를 열어줍니다.

어머니와 함께 갔던 새벽 바다가 떠오릅니다. 그물을 싣고 돛단배를 저어가면 노 끝에서 바다가 깨어났습니다. 어느 날에는 해파리떼가, 어느 날엔 오징어의 푸른 눈이 뱃길을 안내했습니다. 뱃머리에 앉아 바닷물에 손을 담그면 물결이 파문을 일으키며 흩어졌습니다. 세상이 고사리손에 보내는 기척이었을까요.

섬을 돌아가면 바다 가운데에 집안 대대로 이어오던 발(鮁)이 있습니다. 물목에 깔때기 모양으로 참나무를 세우고, 사이를 대나무로 엮어 만든 죽방(竹防)입니다. 배에서 내려 참나무 기둥을 타고 오르면 힘찬 생명의 소리가 들려옵니다. 먼길을 달려온 물고기들이 뒤엉켜 노니는 것이죠. 망설이던 어머니가 그물을 내립니다. 뜰망 속으로 물고기를 몰아넣으면 평화롭던 죽방에 소동이 일어납니다. 뻐르적거리느라 물고기들은 비늘까지 벗겨질 지경입니다. 어머니도 온 힘을 다해 그물을 당깁니다. 그물을 잘 끌어올리려면 힘의 균형이 맞아야 합니다. 어느 한쪽으로 쏠릴라치면 어머니도 고기도 바다에 빠져버리고 말 겁니다. 어머니의 사지가 파르르 떨렸습니다. 살아 있는 것들의 무게를 다는 일은 늘 두 다리를 후들거리게 하지요. 힘을 내려놓는 일도 그랬습니다. 두꺼비씨름 끝에 그물이 바다를 완전히 빠져나오면 그제야 사투가 끝납니다. 어머니가 배 바닥에 벌러덩 누워 있는 물고기를 내려다보며 나직이 이릅니다.

“미안타이. 내는 느그들이 있어서 참말로 고맙다이.”

아침 햇살에 부딪히는 물고기의 비늘이 왕관처럼 빛났습니다.

오일장이 열리는 날이었습니다. 어머니는 생선을 고무 다라이에 담아 이고서 삼천포 장에 갔습니다. 점심을 먹고 나면 도선이 섬 집 앞바다를 지나갑니다. 어머니가 장에서 돌아오는 시간입니다. 집 뒤 대밭 머리에 서서 선착장 쪽을 보면 배에서 내려 명매기걸음으로 섬길을 걸어오는 어머니가 보였습니다.

일곱 살 무렵이었던 것으로 기억합니다. 어머니는 곧장 들어오지 않고 문간에서 집 안을 살폈습니다. 조부모님이 안 계신 것을 확인하고서야 마당으로 들어섰습니다. 어머니가 내려놓은 다라이 안에는 생필품과 책 몇 권이 있었습니다. 책갑의 모서리에 빨간색으로 '兒童百科事典'이라고 쓴 두꺼운 백과사전 한 권과 동화책이었습니다.

얼마 후에 책장이 들어왔습니다. 어머니가 갑수 아재를 시켜 만든 4단 유리장입니다. 방 아랫목은 책장 차지가 되었고, 책이라야 몇 권뿐이었지만 곳간 지키듯 했습니다. 섬 아지매 중에 유일하게 중학교 졸업장이 있다던 선자 아지매가 그 앞을 암만 오래 기웃거려도 딴청만 부렸습니다.

섬의 겨울밤은 춥고 길었죠. 문풍지로 스미는 칼바람이 우리를 아랫목으로 밀었습니다. 따뜻한 자리를 차지하려고 궁둥이를 당기다 보면 눈망울은 자연히 책장에 닿았지요. 죽방에서 물고기를 건지듯 책을 빼내어 펼치면 방 안에 아가미질 소리가 났습니다. 책들은 고래와 같은 폐활량으로 우리를 먼 이방으로 데려다주었습니다. 신섬을 떠나면 삼천포가 전부였던 나에게 「성냥팔이 소녀」와 「엄지공주」는 신기한 나라의 이야기였습니다.

책이 귀하던 시절이었습니다. 리어카에 책을 싣고 두어 달에 한 번씩 장마당을 찾아오는 '구루마 책방'이 있었습니다. 어머니에게는 적은 돈조차 쓸 권한이 없었습니다. 어른들의 허락 없이는 어느 것 하나 쉽게 살 수 없었지요. 아직 아들 없이 딸만 셋을 낳았을 때니 딸들에게 읽힐 책을 사겠다는 말은 꺼낼 수조차 없었을 테고요. 조부모님 말씀을 거역한 적이 없는 어머니였지만 자녀 교육에서만큼은 달랐습니다. 고심 끝에 내린 결단이었을 겁니다.

어머니는 책장수가 오는 날이면 가끔, 새벽 어장을 열었습니다. 모두가 잠든 달구리*도 전입니다. 물살을 가르는 작은 노질 소리에도 섬이 깰까 봐 깜짝깜짝 놀라던 모습이 떠오릅니다. 그물질이 끝나면 죽방을 다시 자물쇠로 채우고 바닷길을 돌아왔습니다. 어머니와 나와 바다만이 아는 비밀이었지요. 그때부터 알았습니다. 바다가 얼마나 속이 깊고 입이 무거운지를 말이지요.

어머니가 고기잡이를 하는 것은 일종의 반란이었습니다. 그 시절엔 여자들이 배에 오르는 것은 금기였으니까요. 몰래 죽방을 여는 일은 고방에서 쌀가마를 훔치는 것과 같았습니다. 들키기라도 하면 계모 시어머니를 비롯한 어른들로부터 평생 '어장 도둑'이란 오명을 듣고 살아야 할 판입니다. 책은 아주 천천히 키를 높였습니다. 나와 동생들도 얼추 그만큼의 속도로 자라났을 테고요. 책의 키가 유리장 천장에 닿았을 무렵이었습니다. 동생들도 나를 따라 섬을 넘어 뭍으로 옮아왔습니다.

생신 이튿날, 어머니가 또 어장을 여는 모양입니다. "삑, 삐이익!" 오랜 시간 속으로 물고기 떼의 힘찬 유영이 펼쳐집니다. 민어와 갑오징어와 볼락, 노래미, 병어, 쥐치……. 죽방 가득히 차진 생명의 소리가 울려 퍼집니다.

● 『수필오디세이』 2020. 여름호

* 이른 새벽의 닭이 울 때

애기똥풀

바람이 살랑일 때마다 노란 젖 내음이 난다.

시골에서 어머니가 왔다. 일 년 전에 받은 무릎 수술의 경과를 보기 위해서다. 허리 수술을 시작으로 몇 해 사이에 크고 작은 수술을 여러 번 받았다. 그때마다 동생들 신세를 지며 맏이 도리를 못 했다. 이제부터라도 모시고 가까운 데라도 다니고 싶은데 어느새 걷기조차 힘들어한다. 달아나는 봄을 바라만 보고 있자니 안타까울 뿐이다. 볕이라도 쬐어드리려고 집 앞 공원으로 나갔다.

봄꽃들이 달려와 인사를 한다. 어린 날, 장에 갔다 오는 어머니를 보면 담박질하여 치마폭에 안기던 조무래기들 같다. 어머니는 덥석 안아 우리를 보던 그 눈빛으로 꽃들에 눈을 맞춘다. 저만치에서 노루귀가 고개를 숙이고 있다. 수줍은 듯 귀가 살짝 붉어졌다. 어머니는 홀로 선 노루귀를 보고는 눈을 동그랗게 뜬다. 집에 놀러 온 친구에게 “니가 누고? 누구네 집 아아고?” 하고 묻는 것만 같다. 일곱 남매나 되었으니 우리 집에는 늘 친구 한두 명은 와 있었다. 쭈뼛거리는 노루귀를 찬찬히 살피는 모양이 영락없는 그때 그 모습이다.

봄까치꽃도 마중을 나왔다. 밤하늘의 별들이 모두 땅으로 내려와 푸른 꼬마전구를 켜 들고 있는 것 같다. 자드락길 아래 밭두렁에는 코딱지풀이 떨기떨기 피었다. 분홍 꽃무늬 처네를 펼쳐놓은 듯하다. 포대기 속 아기는 어디로 갔을까. 엄마는?

개울가 언덕배기에 노란 꽃들이 무리 지어 피었다. 바람이 불어오자 노랑나비 떼가 화르르 날아오르는 듯하다. 어머니는 꿀샘을 만난 벌처럼 바빠졌다. 송송한 털을 만지더니 갓난아기 몸에 난 솜털 같다며 웃는다. ‘애기똥풀꽃’이라고 일러드리니 “참 예삐다, 예삐다아.” 하며 한참을 되뇐다. 누가 지었을까. ‘애기똥풀’이란 이름은 어머니의 귀에 가장 사랑스럽게 들리는 이름이 아닐까 싶다. ‘젖풀’이라고도 불리니 젖을 물려 키워낸 어미의 사랑이 가득 담겼을 거다. 어머니는 허리를 구부려 풀꽃들에 귀를 모은다. 꽃들의 말을 듣는 게다.

아기를 처음 키우던 시절엔 참 많이 허둥댔다. 아기가 하는 말을 알아들을 수 없었기 때문이다. 배고픈 울음도 잠을 보채는 울음도 아닌, 뜻을 알 수 없는 울음소리는 초보 엄마를 긴장시켰다. 아파서 우는 소리가 아닐까, 아기를 업은 채로 밤이 새기를 기다리며 기저귀를 살폈다. 그런 날, 아기가 싼 노란 똥을 보면 안심이었다. 아기가 “엄마, 나 아프지 않아요.” 하고 말하는 것 같았다. 나를 낳아 키우던 날, 젊었던 어머니도 그랬을 것이다. 내 똥조차도 예뻐했을 테다.

한겨울 아침, 수돗가에서 살얼음이 낀 물로 똥 기저귀를 빨아도 손 시린 줄 몰랐다. 연탄불에 폭폭 삶아 돌판에 올려놓고 방망이질을 해도 샛노란 똥이 묻었던 자리는 쉬 하얘지지 않았다. 맑은 물에 휘휘 흔들어 헹구다 보면 걱정이 먼저 씻겨 나갔다. 아기가 배고파 우는 소리가 들리면 서둘러 빨래를 건져서 마당 빨랫줄에 널었다. 젖을 물리고 하늘을 보면 노란 빛줄기가 기저귀 속살 속으로 아른아른 비쳐 들었다.

햇살은 심심했던 모양이다. 자늑자늑한 맨발 걸음으로 안방까지 들어와 아기의 이마에 앉았다. 꼼지락꼼지락, 발가락 간지럼을 태우면 입가에 방그레 웃음이 번지고 스르르 눈꺼풀이 내렸다. 기저귀 끝에서 흘러내린 물방울이 마당에 부딪는 소리가 아득해질 때면 엄마도 아가도 깜빡 잠에 빠졌다. 아기는 잠결에도 젖을 빨았다. 단잠에서 깨어보면 기저귀에 있던 노란 얼룩은 감쪽같이 사라지고 없었다.

그때 그 노란 똥의 흔적은 어디로 날아갔을까. 마당 장대 끝 햇살 속에 꼭꼭 숨었다가 애기똥풀로 돋아난 게 아닐까. 땅속 깊은 곳에서 '씨앗똥'*으로 깜깜히 묻혔다가 봄이면 세상의 모든 엄마처럼 '순한 순희 같은 꽃'**으로 순하디순하게 피어나는 게 아닐까.

돌아오는 길에 보니 공터 양지바른 곳에 애기똥풀꽃이 지천으로

---

* '애기똥풀'의 다른 이름

** 이생진의 시(詩)에서 빌림

피었다. 어머니는 이제 혼자 걸어보겠다, 한다. 꼭 잡았던 손을 놓으니 금세라도 넘어질 듯하다. 그런데 어느새 '까치다리'*를 하고서 꽃무리 속에서 웃고 있다.

봄동산 가득 노란 배냇짓 소리가 들려오고, 어머니도 한 포기 애기똥풀이 되었다.

● 『선수필』 2019. 봄호

---

* '애기똥풀'의 또 다른 이름

단층애(斷層崖)*

— 어머니의 일기장

어머니 방에는 오래된 버선장이 있다. 매화가 곱게 입혀진 자개 문을 열면 반달문 안으로 차곡차곡 쌓인 공책이 보인다. 어린 날, 동생들과 내가 쓰다 만 공책과 어머니가 '삼천포상회'에서 직접 산 노트들로, 어머니의 일기가 담긴 일기장들이다.

어머니의 일기는 언제나 날씨로 시작된다. '맑음', '흐림', '비', '바람'으로 간단히 적은 날도 있고, '마파람이 분 날', '고마운 땡볕', '해일이 덮친 날'처럼 제법 구체적으로 묘사한 날도 있다. 어머니에게 날씨는 그만큼 중요했다. 제목만 봐도 어머니의 하루를 얼추 알 수 있다.

'고마운 땡볕'에서는 철없던 어머니가 보인다. 뜨거운 여름날, 조선소에서 배 수리를 하는 일꾼들을 돕다 말고 남일대 해수욕장으

* 단층 운동으로 생긴 절벽

로 멱감으러 논따리*를 쳤다는 내용이다. '원망스러운 비'를 쓴 날에는 젊은 어머니가 불쌍해진다. 가뭄이 든 어느 해 봄, 몇 달 만에 친정 나들이 허가를 받았는데 하필 그날 아침에 빗방울이 떨어져서 눈물 반 빗물 반으로 밀린 빨래를 했다니. 안타까운 일은 이어진다. 숭늉에서 피어오르는 김에만 닿아도 오글오글해지는 습자지 달력처럼 어머니의 간이 바짝 오그라들었던 날이다. 볕이 좋아 장독 뚜껑을 열어두고 삼천포 장에 다녀왔는데, 그사이 '심술비'가 왔다 가는 바람에 간장독에 빗물이 들었다는 사연이다. '미운 새파람'에는 강아지에 대한 원망이 가득하다. 푸새질해서 널어둔 할아버지의 두루마기가 바람에 날려 떨어지자 때마침 마당가에서 심심해하던 바둑이가 이빨로 물어 찢어버린 일이다. 중년이 된 어머니가 여섯 딸을 떠나보내는 대목에서는 마음이 오래 머문다. 딸들이 결혼식을 치르고 신혼여행을 다녀와 신랑집으로 신행하던 날의 날씨는 어느 때보다 세밀하게 그려져 있다. 큰딸이 첫길을 떠나던 날에는 날씨가 유난히 지분거리고 너울이 쳐서 결혼 생활이 고단하지 않을까 근심이 절절하다.

일기는 없고 해와 구름, 우산, 바람을 그린 그림 하나만 덩그러니 있는 날도 있다. 일기장을 펼쳤지만 간신히 날씨만 그려놓고 그만 베개에 머리를 묻고 말았을까. 그런 날엔 하루를 살아내느라 굽고 뒤틀린 마음을 어떻게 했을까. 어머니는 잠들어도 일기장은 어머니의 속내를 밤새 홍두깨질했을까. 그랬기에 다음 날 아침이면 굽은

---

* '농땡이'의 경남 방언

마음을 펴고 새로운 날을 맞을 수 있었을 테지.

용현 산골에 살았던 어머니는 열아홉 살 때 한 살 아래의 아버지와 혼인해서 섬으로 갔다. 청춘에 남편을 떠나보내고 딸들과 함께 살림을 지켜낸 외할머니는 친척이 놓아준 둘째 딸의 혼처를 놓치고 싶지 않았다. 신랑이 서자(庶子)라는 것이 걸렸지만 부잣집 장남이라는 말에 떠밀다시피 보냈다. 외할머니의 기대와는 달리, 시가에서의 나날은 친정에서 하던 일과는 비교가 안 되게 힘들었다. 수십 명이 넘는 뱃사람들과 층층시하 식구를 건사하느라 허리가 휠 정도였다. 서자 장남을 남편으로 둔 아내 자리는 마음마저 휘게 했다.

어머니에게는 선택이란 없었다. 날씨를 고를 수 없듯이 당신의 나날은 무조건 살아내야 하는 당위였다. 젊은 날 나는, 삶은 내 의지로 선택하고 버릴 수 있는 것이라고 생각했었다. 궂은 날조차 운명으로 받아들이는 어머니가 불쌍했다. 어머니처럼 살지는 않겠다고 마음먹었다.

어머니는 그 많은 풍상의 날을 어찌 다 감당했을까. 태초의 시간을 녹이며 돌진해오는 용암조차 기꺼이 받아 안는 바다처럼, 어머니는 자신을 향해 달려오는 용암의 날들을 온새미로 보듬어 날씨 그 자체가 되어버렸는지도 모르겠다. 그리하여 빛이라곤 찾을 수 없이 깜깜한 날에는 당신 스스로 해가 되고, 빛이 넘치는 날에는 그늘이 되어 집안 식구들을 모아들였을 거다.

일기장을 포개어놓고 보면 거대한 단층애(斷層崖) 앞에 있는 것 같다. 어머니 생애의 단층들을 경외감으로 바라본다. 비바람은 물론이고 천둥과 번개까지 풍상의 날들이 오묘한 각도로 층층이 쌓였다.

일기장 속 하루하루가 모여 우리 집을 이루는 바위벽이 되었을 것이다. 그렇기에 하나만 빼내어도 와르르 무너져내릴 벽돌처럼, 수십 권의 일기장 중 어느 한 권도 함부로 빼버릴 수 없다.

입을 꾹 다물고 있는 버선장이 풍랑을 품고도 고요한 어머니를 닮았다.

• 『수필세계』 2016. 가을호

택배 할매

외출에서 돌아와 보니 문 앞에 택배 상자 하나가 있다. 모서리가 닳은 누르께한 스티로폼 상자가 얼른 보기에도 어머니가 보낸 것이다.

꽁꽁 묶은 상자를 간신히 풀었다. 시퍼런 파도와 함께 디포리 떼가 거실 바닥으로 쏟아진다. 반지레한 비늘에는 고향의 아침 바다를 파고들던 은빛 햇살이 머물러 있다. 모재기*는 옆구리에 이야기보따리를 주렁주렁 매달고 왔다. 염장 청각도 왔다. 물에 담그면 청각은 소금에 접어두었던 청록의 사슴뿔 왕관을 꺼내어 쓰고 뿌리가 기억하는 태초의 자리로 돌아갈 것이다. “할매예에, 메엑* 사이소오!” “깔치* 쫌 팔아주이소오!” 아지매들의 호객 소리가 들려오고, 난전을 두리번거리는 어머니가 보인다.

고향 사람들은 어머니를 ‘택배 할매’라고 부른다. 이른 새벽부터

* 각각 ‘모자반’, ‘미역’, ‘갈치’의 경남 방언

장터를 돌며 먹을거리를 사다 갈무리하여 자식들에게 보내는 일이 큰 낙이다. 무릎이 아프다 시리다 하면서도 생선을 손질해서 말리고, 장독 뚜껑을 여닫느라 하루에도 몇 번씩 옥상을 오르내린다. 이제는 택배 상자를 포장하는 일조차 힘에 부쳐 하면서도 멈추지 않는다. 서울에서 사 먹는 편이 더 싸고 좋다고 해도 막무가내다. 서울에서 파는 식재료는 사람이 먹을 수 없는 것인 양 한다. 언젠가는 고추장을 슈퍼에서 사 먹었다가 꽤 오래 어머니를 서운하게 한 적이 있다.

어머니는 택배 상자를 앞세우고 다닌다. 집안의 대소사는 물론이고, 병원 정기검진 때나 수술을 받으러 올 때조차 빈손인 적이 없다. 고래조래 우리 집 양식은 곡식과 생선은 물론, 양념까지 대부분이 '어머니 표'다. 냉동고에는 택배로 온 해산물이 가슴에 이름표를 달고 줄을 맞춰 앉아 있다. '민에, 뱅에, 짱에, 전에, 문에…….' 어머니는 물고기를 부를 때면 꼭 '어(漁)'를 '에'로 발음하고, 그렇게 쓴다. 이름 아래에는 간단한 조리법도 삐뚤빼뚤 적어두었다.

키가 다 자라기도 전에 집을 떠나왔다. 전화 속에서 어머니는 늘 걱정이었다. "밥은 잘 챙기 묵꼬 댕기나?" 일주일이 멀다 하고 하숙집이며 자췻집으로 소포가 날아들었다. 그 뭉치를 여태껏 받고 있으니 나는 아직도 어머니의 양수(羊水) 속에 살고 있는 셈이다. 택배 상자는 어머니와 나를 잇는 탯줄이다.

사는 일이 비릿하게 느껴질 때면 어머니가 보내준 재료로 음식을 만든다. 밥솥에 보리쌀을 안치고 생멸치에 풋고추와 된장, 고추장, 마늘 한 줌, 갖은양념을 듬뿍 넣어 바특이 졸인다. 수돗물에 철철 흔들어 씻어낸 상춧잎을 두어 장 손바닥에 올리고, 갓 지어낸 뜨거운 보리밥과 멸치조림 한 숟갈을 푹 떠 얹은 쌈을 한입 가득 밀어 넣고 꾹꾹 씹어 삼키다 보면 세상이 거짓말처럼 달곰해진다.

어머니는 택배를 보낼 때마다 상자를 돌려보내라고 한다. 흔한 게 스티로폼 박스다 싶어 귀담아듣지 않았다. 그런데 친정에 갔다가 동생들이 보낸 상자를 본 적이 있다. 어머니가 쓸 일용품이 그득히 담겨 있었다. 나는 만날 그 모양이다. 어머니를 위한답시고 택배를 보내지 말라는 말만 했지, 속마음을 헤아려본 적 없는 데퉁바리다. 그때부터는 나도 어머니가 보내주는 택배 상자를 잘 챙겨둔다.

이번 상자는 얼마나 오래 사용했는지 속까지 움푹움푹했다. 수세미에 세제를 묻혀 여러 번 닦아 볕에 말렸다. 사두었던 패딩 조끼와 기모바지, 버선 양말 두 켤레를 담았다. 어머니가 좋아하는 소금사탕과 젤리, 동남아 여행길에서 사온 열대과실 말랭이도 몇 봉지 넣었다. 어느 할머니 시인에게서 받은 시집과 수필집 한 권도 보내드리고 싶었다. 무얼 더 넣을까 찾다가 어머니가 좋아하는 제라늄도 색색으로 몇 줄기 꺾어 신문지에 돌돌 말아 넣었다. 그래도 휑하다. 어머니의 상자는 빈틈이라고는 없이 오는데, 내 상자는 언제나 헐렁하다. 뽁뽁이를 뭉쳐 넣고서야 겨우 메웠다.

상자 뚜껑을 덮고 테이프로 감고 보니 바닥도 멀쩡한 데라고는 없었다. 일 년에도 몇 번씩 삼천포에서 서울과 경기, 세종을 오르내린 흔적이었다. 댕돌같은 자식 속을 드나드느라 쩍쩍 갈라졌을 어머니의 마음자리였다.

주소를 적는 자리도 언틀먼틀했다. 우체국에서 새 송장(送狀)을 받아 꾹꾹 눌러 붙이고 나니, 평생 통증을 달고 다니는 어머니의 등짝에 파스 한 장을 붙여드린 듯 뿌듯했다.

마감 시간이었다. 서둘러 부치고 문을 나서니 경비원 아저씨가 셔터를 내리다 말고 "오늘도 택배를 보내셨나 봅니다." 하고 인사를 건넨다. 어느새 나도 택배 할매가 되어가나 보다.

• 『한국수필』 2020.8

어머니의 지팡이

"인자부터는 엄마 혼자서 다 하세욧!"

어머니를 모시고 병원을 다녀온 셋째의 말투가 심상치 않다. '어머니는 무조건 옳다.'는 것은 우리 칠 남매 모두가 인정하는 진리였다. 당신 뜻을 따르자면 당장에는 힘이 들어도 지나고 보면 다 잘한 일이었다. 그런 어머니가 떼꾸러기가 되었다.

요즘 들어 어머니의 고집은 도를 넘을 정도다. 자식들과는 함께 살지 않겠다, 죽는 날까지 삼천포를 떠나지 않겠다, 지팡이는 짚지 않겠다, 등등이었다. 다른 것들이야 당장 탈 날 일이 아니지만 지팡이가 문제였다.

급기야 계단을 오르다가 헛디디는 사고가 났다. 치료가 끝나자 의사는 지팡이를 권했다. 의사 말은 '말씀'으로 받아들이는 어머니가 웬일인지 묵묵부답이었다. 검색왕 넷째가 인터넷을 뒤져 최신식 지팡이를 보내와도 걸어만 둘 뿐이었다. 그러다 달포를 넘기지 못하고 또 넘어지고 말았다. 고관절에 인공뼈를 넣고 재활 치료를 받을 때는 어린애가 따로 없었다. 병실이 떠나가라 엉엉 울었다.

"내가 올매나 살 끼라꼬 이리 아푼 일을 견디야 하노 말이다아."

두 달 넘게 병원 신세를 지고 퇴원하던 날, 의사는 정색했다.

"어르신, 이제는 꼭 지팡이를 짚으셔야 합니다."

이번에도 대답이 없었다.

외출할 때마다 실랑이가 일었다. 의정부 집에서 병원이 있는 여의도까지 오가며 병구완을 해준 셋째 말도 듣지 않더니 그날 아침에는 큰소리가 나고 말았다. 셋째도 이번에는 지지 않을 작정이었던지 지팡이를 들고 따라나섰다. 그래도 소용없었다. 몇 번이나 넘어질 뻔하면서도 외출 내내 거들떠보지도 않았던 모양이다.

셋째는 돌아오자마자 가시 돋친 말을 뱉고는 가버렸다. 어머니는 평소보다 일찍 잠자리에 들었다. 십수 알의 약을 삼키면서도 저녁은 두어 술 뜬 것이 전부였다. 연속극 시간이 되어도 일어나지 않았다. 다음 날이었다. 식구들이 일어나기 전부터 베란다 창문 여닫는 소리가 났다. 셋째를 기다리는 눈치였다. 오후 두 시를 넘기면서는 창틀에 매달리다시피 한 채로 밖을 내다보았다. 초조한 빛이 역력했다. 어머니를 달랠 겸하여 공원으로 산책을 하러 갔다.

맨발공원 벚나무 아래에 할머니들이 앉아 있었다. 한 할머니가 손자가 보냈다며 지팡이 자랑을 했다. 다른 할머니들도 차례로 짚어보고는 걸음이 한결 수월하다며 부러운 눈치들이었다. 어머니에게도 권했더니 손사래를 쳤다. 할머니들이 그러지 말고 한번 짚어보라고 해도 막무가내였다.

"지팽이는 무신……."

부아가 났다. 어머니를 남겨두고 빠른 걸음으로 공원을 나와버렸다.

'어디 한번 혼자서 집까지 걸어가보셔요!'

그런데 몇 발짝 못 가 고개를 돌리고 말았다. 황망할 눈빛이 아른거렸다.

어머니가 이고 지고 나른 짐의 무게는 세상 어떤 저울로도 달아낼 수 없을 것 같았다. 말만 부잣집 맏며느리였지 버거운 짐이었다. 친정에 두고 온 홀어머니와 동생들도 평생 내려놓지 못한 가슴 짐이었다. 사업에 실패하고 빚더미에 파묻혔던 집안을 일으키기 위해 난생처음 떡집을 열고 들어 올려야 했던 떡시루의 무게는 또 얼마였을까. 관절은 결딴나고 말았다.

결혼하고 살면서 힘들어할 때마다 어머니가 일러주던 말이 있다. "살다 보면 자식이 지팡이가 되어 좋은 세상으로 데려다 줄 끼다." 자신에게 건 주문이었을 것이다. 넘어지면서 잠시 무릎을 꿇었을지언정, 어머니는 당신에게 지워진 짐을 포기한 적이 없었다. 일곱이나 되는 자식 짐은 얼마나 무거웠을까. 그런데 짐을 지팡이로 삼았단다. 그러니 그깟 나무나 쇠로 만든 지팡이가 암만 좋기로서니 평생 당신 손으로 깎아 다듬은 '자식 지팡이'에 비할까.

자식들이 오순도순 살아가는 모습을 지켜보는 일, 봄이면 친구들이랑 사천 선전리 벚꽃밭에 꽃놀이라도 한번 다녀오라는 성화를 듣는 일, 손주들이 가끔 주는 용돈으로 지인들과 국수 한 그릇을 나누는 일……. 소소한 하나하나가 어머니의 지팡이를 단단하게 했을 테다.

새 지팡이를 권하는 자식들에게서 더는 '어머니의 지팡이'가 되기를 포기하는 속내를 읽기라도 한 것일까. 당신의 지팡이를 잃게 될까 두려웠을지도 모르겠다.

집으로 돌아오면서 보니 어머니는 내 신을 신고 있었다. 뒤꿈치를 할딱이며 한 발 두 발 땅을 딛는 모양이 처음으로 엄마 구두를 신고 뒤뚱 걸음을 걸어보이는 어린 소녀 같았다. 내 팔을 꼭 붙든 손에서 아기 새의 날갯짓이 전해져 왔다.

● 『문학과 비평』 2018. 가을호

열무김치 담근 날

저녁을 들던 어머니가 열무김치를 찾았다. 다음 날 아침, 슈퍼 문이 열리기를 기다려 열무 두 단과 얼갈이배추 한 단을 사 들고 왔다. 어머니는 칼과 도마, 양재기와 김치통을 꺼내놓고 있었다.

꽃무늬 앞치마를 입혀드렸다. 머릿수건도 찾기에 내드렸더니 거울 앞에서 한참을 매만졌다. 그사이 나는 열무와 얼갈이배추를 다듬어 양재기에 담았다. 한데 섞어 소금을 뿌리려고 할 때였다. 어머니가 흠칫 놀라며 달려와 소금을 쥔 내 손을 잡았다. 열무김치는 열무만 따로 담가야 맛있다며 얼갈이배추를 다른 그릇에 옮겨 담았다. 마늘과 생강, 붉은 고추, 풋고추, 쪽파, 양파도 따로따로 갈라놓았다.

꼼지락꼼지락 손을 움직여 간조롱히 줄을 세우는 모습이 얌전했다. 천생 새색시 같다고 했더니 얼굴 가득 붉은 고춧물을 들이며 웃었다. 재료를 다 다듬은 어머니는 배를 깎았다. 큰 부엌칼로도 껍질을 얇게 깎아내는 솜씨가 당신의 젊은 날을 보는 듯했다. 어머니는 이제 콧노래까지 불렀다. 그러다가 무슨 생각이 스쳤는지 갑자기 전화기를 찾았다. 번호 검색이 안 되는지 몇 번이나 폴더를 열었다 닫았다 했다. 당황한 기색이 역력했다.

"느그 작은어무이 전화번호가 없어져뺐네. 인자는 전화기도 늙어서 번호가 자꾸 지아진다 아이가."

어쩌나……. 물끄러미 어머니 얼굴을 보았다.

"먼 산 보득키 체리만* 보고 있지 말고 퍼뜩 번호 쫌 주라 쿤께나!"

망설이다가 내게도 전화번호가 없다고 했다. 어머니는 얼굴이 벌게져서는 소리를 질렀다.

"니는 우찌 그리 인정머리가 없노? 느그 작은어무이가 니를 올매나 예삐다 카는데. 같은 서울 바닥에 살멘시도 전화번호도 모리고?"

가망 없음을 눈치챈 모양이었다. 직접 갖다줘야겠다며 김치통 하나를 더 내오란다.

"작은어무이가 내가 맹근 열무김치를 올매나 좋다 카는지 아나?"

용기를 내어 작은어머니는 돌아가셨다고 했다.

찹쌀풀 끓는 소리가 내 심장 박동 같았다. 풀물이 튀어 올라도 얼굴을 치켜들지 못했다. 고개를 돌린 채로 여들없이 휘휘 휘저을 도리밖에. 어머니의 눈빛을 마주할 자신이 없었다.

십여 년 전, 어머니가 다니러 온 날이었다. 석양이 지던 무렵이었

---

* '쳐다만'의 경남 방언

다. 어머니의 전화기가 울리고, 몇 번 외마디 소리가 나는가 싶더니 큰 울음이 터져 나왔다. 작은어머니가 스스로 목숨을 끊었다는 갑작스러운 기별이었다. 그 기억을 되찾았다면 지금쯤 대성통곡이 나올 순서였다. 그런데 어찌 된 일인가. 숨소리 하나 들리지 않았다. 살며시 고개를 드니, 어머니는 생게망게한 눈빛으로 나를 빤히 쳐다보고 있었다. 눈이 마주치자 사슴 같은 눈망울이 되어서는 "현오네가 세상을 베맀다꼬? 와 죽었노?" 하고 물었다.

양파를 썰던 내 눈에서 주르륵 눈물이 흘렀다. 친동생과 다름없던 작은어머니의 기막힌 죽음을 까마득히 잊었다는 것보다, 당신의 가슴앓이였던 막내동서가 죽었다는 말에도 놀라워하지 않는다는 사실이, 이제 어머니에게는 삶과 죽음의 거리가 아득하지 않다는 사실이 슬펐다. 간절하면 죽은 사람도 산 사람으로 생각될 수 있으려나 싶었다가, 오랫동안 잊히면 살아 있는 사람도 죽은 사람으로 기억되겠다 싶어 다시 먹먹해졌다.

모든 것이 당신의 몸을 파고든 몹쓸 병 때문이라고 결론지었다. 그러다가 고통이 그만큼에서 멈춘 것만으로도 다행이라고 생각을 고쳐먹었다. 기억을 앗아가는 질환이라니. 오랜 기억의 통증까지 잊게 해준단 말인가. 뼛속 깊이 새겨진 생채기까지도 지워주려나. 그럴 수만 있다면 평생 누르던 짐 더미를 벗고 훨훨 날아갈 수 있으려나 싶어 좋아해야 할지 말아야 할지 헛갈려 하다가 열무와 얼갈이배추를 섞어서 한 통에 담아버리고 말았다. 나는 또 슬퍼져 난감할 뿐인데 어머니는 이번엔 열무는 얼갈이랑 버무려서 담가야 맛있다며 참 잘했다고 하는 게 아닌가.

자꾸 눈물이 났다. 어머니는 양파 때문이라며 손으로 물을 떠서 눈을 씻어주었다. 머릿수건을 풀어 물기를 닦고 눈가를 꼭꼭 찍어가며 눈 속을 들여다보고 또 보았다. 그러고는 "인자는 우리 큰딸이 혼자서 열무김치도 잘 담그네." 하고 환하게 웃으며 손뼉을 쳐주었다.

참 다행이었다.

관악산을 넘어 베란다로 비껴드는 햇살이 갓맑았다. 어머니에게 남은 시간은 얼마쯤일까. 그 시간 위에도 말간 빛만 내릴 수 있다면. 지나온 시간과 아우러져 잘 익은 열무김치처럼 말갛게 익어갈 수 있다면.

● 『좋은수필』 2019.7

그녀가 대답해주었다

근래 들어 택시를 자주 이용한다. 손이 재지 못한 데다 치매를 앓는 어머니가 오면서부터는 집안일이 늦어져 오전에 외출할 일이 있을 때는 카카오 택시를 부른다.

운전석에는 60대 초반으로 보이는 여성이 앉아 있다. 목적지를 확인하며 실내 거울로 뒷자리에 앉은 나를 힐끗 보더니 다짜고짜 "공기가 참 좋네요. 이 아파트는 값이 얼마나 가요?" 한다. 뜬금없어 하는 모양을 알아차린 듯, 이번에는 내 무릎에 놓인 책 제목을 묻는다.

"나도 책을 쓰고 싶어요. 처음부터 끝까지 엄마 얘기로요. 울 엄마 살아온 이야기는 태평양 바다도 다 못 담을 거여요."

반응이 없자 대답을 재촉하듯 다시 나를 본다.

"엄마 생각만 하면 가슴이 무너져 내려요. 시방도 요양병원에서 오는 길이어요. 이틀 일하고 쉬는 날엔 엄마한테 가요. 일곱이나 되는 자식들이 몇 날 며칠 머리 맞대고 회의해서 모셔다 둔 곳이어요.

피눈물 날 일이지요. 어메는 혼자서 아그들 일곱을 다 거둬냈어도, 그 많은 자식은 엄니 하나를 못 모셔서 시설에 맡겼어요. 엄마한테 갔다 온 날은 속이 다 썩어요."

내 고민이기도 해서 깜짝 놀랐지만 무심한 척했다. 침묵이 흐르는가 싶더니 진한 사투리가 쏟아졌다.

"일곱 자식을 키워낸 내 엄마의 풍성하던 젖집이 마른 나무 이파리가 되어부렀어요. 머시냐, 책 속에 끼워둔 나뭇잎맹키로 납작해졌당께요. 탱글탱글하던 젖꼭지는 낭구 끝에서 쪼글쪼글 말라비틀어진 대추알맹키로 되었구요, 새끼들이 늘 임신 7개월이라고 놀려먹던 배는 폭삭 꺼져부렀어요. 장마 지나간 뒤의 둠벙. 아, 어쩌코롬 표현해야 하나? 머시당가, 그래요. 움푹 패인 허방! 온 땅이 다 허방다리랑께요.

아들놈들은 밭고랑에만 눈을 파묻는당께요. 깜밥*맹키로 눌어붙은 것을 조사묵꼬 팔아묵꼬. 그래도 쬐까 냉개놓은 고것 땜시 포도시 찾아오는갑소. 여섯 아들놈보다 한 뼘 밭떼기가 효자요. 속이 훤히 들여다보인당께요. 워메! 밥벌이할라치면 시간 맞추기 힘들다는 핑계 댐시로 올 때는 밀물맹키로 떼로 몰려와요. 따따부따 증허게 씨월씨월 해쌌다가는 갈 때는 썰물맹키 싹 빠져나가부러요. 그래서 나는 늘 소리쳐요. 느그들 여그 머땀시 온 겨? 엄니 뉘놓코 계모임 하러 왔냐? 느자구없이! 기여, 아니여, 하고요. 아. 그런데 집이는……. 세상 편허게 산 인상이네요. 문화원에 글 배우러도 댕기고요."

---

* '눌은밥'의 전라도 방언

"사는 게 다 그렇지요. 기사님은 개인택시까지 운전하니 멋집니다."

"여자가 개인택시 몰라믄 사연이 얼마나 많았겠어라. 나도 한때는 옹통지게 살았어요. 아그들 셋도 초등학교는 다 사립으로 보냈고요. 대학교 부설 사립이요. 과외다 뭐다 뱁시럽게 갤챘어요. 영어다 국어, 수학, 논술, 불어까지 과외 붙였어요. 그란디 남편이 그 불어 선생 가시내랑 눈이 딱 맞아부렀어요. 일류대학 불문과 나왔다 캅디다. 긍께……. 내가 이제사 하는 소리요. 대학 간판이 뭔 소용이란 말이여, 사기꾼 맹글어놓는디."

"그래서 지금은요?"

"그라제마는 어쩌겄소? 끄끕해도 살살 달갤 수밖에요. 새끼들을 하나도 여우지 않았는디, 내가 보둠어야제. 오무락달싹 못하게끔 재산 다 줄 테니 비켜달라고 싹싹 빌면서 애원했지요. 그놈의 사랑, 엔간히 질깁디다. 다 줘버렸어라. 남편 찾아올라믄 어쩌겠어라. 앙꿋도 안 냄기고 다 주어부렀어요. 그라드라도 죽으라는 법은 없데요. 그 와중에도 머리가 돌아갔던지 개인택시를 샀어요. 뭔 일이었던지 몰라요. 지금 이 차예요. 우리 남편요? 무쟈게 좋은 사람이었어요. 양반이고. 금실은 또 얼마나 좋았는데요. 한 발짝만 나서도 손잡고 팔 붙들고 댕겼당께요. 길 가다가도 어깨동무하고 스킨십하고……. 다들 부러워했어요."

저만치에 문화원 건물이 보였다. 나는 조급해졌다.

"아, 어머니는요?"

"내가 딸인디 어쩌겠어라?"

차에서 내리자 그녀가 명함 한 장을 건넸다. 내가 어물어물하는 사이에 차를 돌리며 차창 너머로 소리를 질렀다.

"전화 한 번 줘요. 요양원 갈 때 같이 타고 가면서 속 이야기 원 없이 해불랑께요."

마음 같아서는 문학 수업에 들어가지 않고 그녀와 동행하고 싶었다. 그날의 교재였던 『2019 올해의 문제소설』 한 편을 절정에서 읽다 만 느낌이었다.

바로 내 이야기였다. 아들이 아닌 딸이 여섯이라는 것을 빼고는 소재도 주제도, 갈팡질팡하는 구성도 똑같았다. 병세가 심해지는 친정어머니의 거처를 한시라도 빨리 정해야 할 입장이었다. 형제 중 누군가는 요양원으로 모시자고 하고, 누군가는 우리 손으로 돌봐야 한다는 주장을 내놓고는 맏이인 나의 결정을 기다리고 있었다. 이러지도 저러지도 못하고 시간만 보내던 터에 그녀를 만났으니 그녀가 쏟아낸 말은 내가 경청해야 할 충고였다.

비는 추적추적 내리고 아직도 나는 서성이고 있다.

• 『한국산문』 2020.10

무화과가 익는 밤

가을에 들면 달빛은 마방(馬房)에 들어와 앉았다. 어린 말이 벌레를 쫓느라 꼬리로 제 몸을 치는 소리가 적막하기만 하다. 잔등을 쓰다듬을 때면 말은 어미를 부르듯 큰 눈망울을 들어 저편 하늘로 "히힝!" 소리를 날려 보냈다. 그곳 말 울음소리가 닿는 곳에서는 무화과나무가 자라고 있었다. 나무 아래에 서면 푸르레한 공기 속으로 철새가 날개를 퍼덕이며 밤하늘을 날았다. 새가 날아간 자리에는 오래도록 울음이 남았다. 그 소리가 밤의 젖줄을 자극한 모양이었다. 유선(乳腺)이 탱탱해진 밤은 유두를 열었다.

태어나서부터 젖이 고팠다. 어머니는 집안일에 밭일에 어장까지 돌보느라 젖먹이에게 젖 물릴 시간조차 없었던 것 같다. 고픈 젖을 쌀죽과 원기소로 채우며 자랐다고 했다. 아기 입에는 증조할머니의 쪼글쪼글한 젖이 물려 있었단다. 빈 젖이었으므로 헛헛증을 앓았다.

동생이 태어나면서부터는 바쁜 어머니를 떠나 외가와 친가를 오가며 살았다.

가족과 함께 사는 친구들이 부러웠다. 동기간과 싸워서 부모님에게 매를 맞는 것조차 부러웠다. 친가 앞집에 살던 '말 구루마 집' 딸 향란이는 제일 부러운 아이였다. 그 애 언니가 우리 집의 일을 도와주고 있어서 그 집엘 자주 드나들었다. 식구들이 작은 방에 배를 깔고 누워서 발장난을 치며 만화책을 읽는 모습이 좋아 나도 향란이네 식구가 되고 싶었다. 어린 나이에도 저녁까지 얻어먹는 것이 미안했지만 밤늦게까지 놀곤 했다.

잘 때가 되어 할머니 집으로 올 때면 무화과나무 아래로 돌아왔다. 아그데아그데 열린 무화과를 올려다보기만 해도 마구간의 어린 말처럼 "어무이예에!" 소리가 나왔다. 그러면 나무는 가지를 열고 이파리를 젖혀 무화과를 내밀었다. 금방이라도 누런 젖이 뚝뚝 떨어져 내릴 것 같았다. 발꿈치를 들고 무화과를 향해 손을 뻗으면 향란이네 고양이도 허기를 느꼈던지 내 기척에 귀를 쫑긋거리며 앞발을 돋우었다. "야옹!" 소리에 어디서 나왔는지 모를 쥐들이 몰려나와 기겁을 하며 달아났다. 소스라쳐 놀라기는 나도 마찬가지였다. 젖물이 흥건할 무화과를 한 번도 손대보지 못한 채 그곳을 달음박질쳐 나왔다.

할머니 집 대문을 열고 들어서면 적막이었다. 어른들은 모두 잠들어 있었다. 탱자 빛을 내며 마루 기둥에 달려 있던 알전구, 마당 깊이 내리던 달빛, 꼬막 조개처럼 꼭꼭 다문 문(門)의 입들……. 내 방은 그 맨 끝에 있었다. 어른들이 깰까 봐 조심스레 방문을 열고 들어가 어둑한 방에 누워 이불깃을 당기면 멀리서 '울음들'이 들려왔다. 말 울음소리와 철새들과 아직도 놀란 가슴을 추스르지 못한 쥐들의 울음이. 그런 밤이면 자다 깨어 일어나 훌쩍이곤 했다. 꿈속에서 동생들은 잘 익어 쩍쩍 갈라진 무화과의 과육을 두 손으로 흠뻑 적시며 먹고 있었다. 그 모든 울음을 담아내고도 내 유년의 방은 너무 넓어 늘 허우룩했다.

열 살 무렵이었다. 겨울방학을 맞아 가족이 있는 섬으로 갔다. 밤이 깊어서야 일을 끝낸 어머니는 남폿불 아래에 나를 앉히고 참빗질을 했다. 머리에서 살찐 벌레들이 후드득 떨어져 내렸다. 혼비백산하여 줄행랑치는 녀석들처럼 당황해져서 나는 눈길을 어디에 둬야 할지 몰랐다. 어머니의 엄지손톱 끝에서 붉은 물이 터져 나왔다. "톡톡" 소리뿐, 어머니도 나도 말이 없었다. 그 소리는 마루 틈새에 새겨진 혈흔과 함께 기억 속으로 흘러들어가 시나브로 몸을 불렸다.

늘 배가 고팠다. 태생적인 허기에, 작은 벌레로부터도 보호받지 못했다는 연민까지 겹친 탓이었다. 향란이 집 마당의 무화과처럼 어머니의 젖꼭지는 언제나 내 손이 닿지 못하는 거리에 있었다.

스스로 젖이 되어야 했다. '착한 아이'가 되고 싶었다. 칭찬만 들었다. 어린 날에는 키까지 쑥쑥 자라서 더 그랬다. 어른들은 나를 보면 외 붓듯 가지 붓듯 큰다고 했다. 엄마 젖이 없어도 저 혼자 잘 자란다는 듯. 그러나 내 젖은 키만 키웠을 뿐, 나는 웃자랐다. 밤이면 큰 방이 무서웠고, 할머니와 함께 자는 '야옹이'가 부러웠다. 그래도 '야옹이'처럼 소리 내어 울어보지 못했다.

자라서 보니 가족들이 기억하는 많은 것이 내게는 없었다. 가족의 아픔과 기쁨이 온전히 내 것이 되지 못했고, 나의 그것들은 가족의 그것이 되지 못했다. 같은 어미의 배에서 태어난 형제들과 젖을 나누지 못한다는 것은 평생을 외롭게 살아가리라는 예언이었다.

내 몸에는 왜 그토록 이(蟲)가 많았을까. 동생들은 나에게 왜 존댓말을 썼을까. 동생들이 '엄마'라고 부르는 '엄마'를 난 왜 '어무이예에'라고 했을까. 내가 가족을 기억하는 방식은 다를 수밖에 없었다. 공유하지 못한 감정은 외로움과 서러움으로 변이되어 울음의 시원이 되었던 걸까. 어른이 되어서도 '내 속의 아이'는 무시로 울음을 터뜨렸다.

오십여 년의 시간이 흐른 어느 날이었다. 어머니와 함께 고향 시장에 갔을 때다. 장터는 무화과밭 같았다. 어린 날에는 동네에서 한 그루뿐이던 무화과나무가 남도의 특용작물이 되어 있었다. 어머니가 어느 꼬부랑 할머니와 인사를 나누더니 나를 소개했다. 향란이 어머니였다. 향란 할매는 나를 알아보고는 무척이나 반가워하며 팔고 있던 무화과 하나를 덥석 쥐여주었다.

내 손에 무화과를 넣게 되다니……. 탱탱하게 영근 무화과에서 저고리 섶 아래에 숨겨져 있던 내 젊은 어머니의 젖멍울이 만져졌다.

"아가, 에릴 때 우리 집에 있던 무화과나무 알제? 참 잘 익었대이."

손끝이 떨렸다. "을릉 무봐라." 향란 할매의 성화에 무화과를 쪼개버리고 말았다. 속 가득 발간 꽃이 피어 있었다. 어디선가 철새의 울음이 들려왔다. 고양이 울음소리도 났다. 내 머리를 참빗질하던 어머니의 흔들리는 눈빛이 어른거리고, 어린것을 품에서 내쳐야만 했던 어미의 슬픔이 차올랐다.

향란 할매가 무화과를 소쿠리째 안겨주었다.

"아가, 집에 가서 어무이랑 무라. 얼라 때 우리 집에서 놀다가 할매 집에 자러 갈 때 가기 싫었제?"

눈물이 났다. 어머니가 내 손을 잡았다. 울음소리가 나고 말았다. 어쩌면 그때, 내 속의 뜨락에 어린 무화과나무 한 그루가 심어졌는지 모를 일이다.

울음은 가장 깊은 곳에 다다르는 것을 본질로 한다. 감정이 고조될수록 울음소리가 커지는 것도 그 때문이 아닐까. 그것은 그리움의 다른 표현이기도 해서 사람들은 울음소리에 마음을 내어준다. 내 울음도 누군가의 마음 골짜기에 그렇게 굼깊게 닿고 싶었던 게다. 울음은 내 실존을 알리는 최초의 도구였고, 그 가장 깊은 곳이란 내 존재의 근원인 어머니였으니까.

모든 울음은 익으면 젖이 되는 걸까. 무화과 속이 붉은 것은 땅 위와 땅속 울음의 결정(結晶)이 만들어낸 색깔 때문일지도 모른다. 어머니의 슬픔을 이해하게 되다니……. 꾹 삼켜야만 했던 나의 속울음과 어머니의 흔들리던 눈빛도 무화과 속 '외로운 방'에서 붉은 꽃잎으로 피었던 게다. 외로움조차 달콤한 속이 되었음이다. 깜깜한 밤의 시간 속에서도 나의 무화과는 달보드레하게 익어갔던 게다.

오늘 밤에도 나는 나의 무화과나무 아래로 간다. 까만 컴퓨터 화면에 설익은 시간을 펼쳐놓고 다독이다 보면 손가락 끝에서 무화과 꽃이 피어난다. 푸른 달빛 속으로 철새들이 날아가고, 아득한 곳에서 향란이네 어린 말 울음소리가 들려온다. 훌쩍 자란 무화과 이파리가 다섯 손가락을 쩍 벌려 내 손을 당긴다. 모니터에 점점이 찍히는 붉은 꽃 점들……. 무화과의 발그레한 젖꼭지에서 젖물이 비친다.

무화과가 익어가는 밤이다.

● 『수필세계』 2017. 가을호

제3부

달팽이의 꿈

아침이면 해독할 수 없는 문장들이 책상 위에 점액의 흔적으로 남았다. 달팽이가 온몸으로 써 내려간 상형문자처럼. 어느 날이었던가. 이런 은빛 문장을 보았다. '껍데기를 깨야 해!'

매발톱꽃 앞에서

절두산 성지 마당을 걷는다. 활짝 핀 여름꽃 무리 속에 낯선 꽃 하나가 눈에 띈다. 쪽빛 꽃받침 아래로 살포시 내리감은 긴 속눈썹이 묵상에 잠긴 듯하다.

'매발톱꽃'이라는 살벌한 이름표를 보고 놀랐다. 꽃을 둘러싸는 꿀주머니가 매의 발톱처럼 생겼다고 하여 붙여졌단다. 곱고 여린 얼굴에 비해 억울한 이름을 가졌다고 생각하며 오래도록 서 있었다. 꽃잎 너머로 그리운 얼굴이 떠올랐다. '시어머니'란 이름도 내게는 원망스러운 이름으로 불렸던 적이 있다.

가난했던 시가는 장남의 혼사를 치를 준비가 부족했다. 남편은 예식 비용을 처가에서 부담하는 것이 미안했던 모양이다. 예단을 준비하면서 일가친척을 물었더니 친가뿐, 외가 식구는 없다고 했다. 시집오고 보니 외가에도 친척이 적지 않았다. 사정을 모른 어머님은 "이모들에게는 왜 버선 한 짝도 해 오지 않게 했냐."며 남편을 나무랐다. 깊은 병으로 앞을 볼 수 없었기에 곁에 있던 나를 못 보고 한 말이었다. 엿들은 격이었고, 지금 생각하면 별 꾸지람도 아니었는데 그 말은 가슴에 '매의 발톱'이 되어 박혔다. 나는 시가로부터 예복 한 벌 얻어 입지 못했다는 생각도 억울함을 부추겼다.

어머님은 예단에 대한 서운함을 금세 잊은 듯했다. 나를 불러 삼형제를 키우던 젊은 엄마 시절의 이야기를 되풀이해 들려주며 행복해했다. 그 순간에는 이북에 두고 온 아내만을 그리워하며 살았던 아버님에 대한 섭섭함도 잊은 것 같았다. 그런 어머님이 가엾어져 나도 조금씩 마음을 열었다.

결혼 다섯 달째, 첫 아이를 뱄을 때였다. 입덧이 심했다. 처음으로 친정엘 다녀오고 싶다고 했더니 어머님의 입에서 "미친년!"이라는 소리가 튀어나왔다. 겨우 봉합된 마음에 다시 금이 가고 말았다. 그 말이 남도 어느 지방에서는 애칭으로도 쓰인다는 이야기는 한참 뒤에 들었다. 도망치듯 친정으로 갔다. 부모님의 설득으로 한 달 만에 시가로 돌아오긴 했지만, 마음에 빗장을 쳐버렸다.

그 일이 있고 얼마 후, 어머님은 의식을 잃고 중환자실로 실려 갔다. 나는 임신 7개월의 몸으로 병원에서 한 달 넘게 곁을 지켰지만, 당신의 진짜 모습을 알아보지 못했다. 어머님은 운명하기 직전에 기적처럼 딱 한 번 눈을 떴다. 네 명의 남자들 사이에서 나를 알아보고는 손을 내밀었다.

"아가야, 미안하다. 가족들을 부탁한다."

어머님과 나의 처음이자 마지막 만남이었다. 흘러나온 굵은 눈물줄기가 베갯잇에 이르기도 전에 어머님은 눈을 감았다.

어머님이 남긴 물건 중에 원피스 한 벌 요량의 비로드 천이 있었다. 하늘매발톱 꽃잎을 닮은 남보랏빛 원단이었다. 남편은 그것으로 내 옷을 해 입기를 권했지만, 차일피일하다가 누군가에게 줘버렸다. 맞춤 삯이 비싼 데다 실용적으로 입을 옷이 못 된다는 이유를 댔지만, 내심으론 어머님의 유품으로 내 옷을 만들어 입고 싶지 않아서였다. 남편은 서운한 속내를 비쳤지만, 젖은 살림에 비로드 옷이 가당키나 하냐며 쏘아붙였던 기억이 난다.

시간이 한참 흐른 어느 날이었다. 비로드 옷감이 생각났다. 처음으로 어머님 꿈을 꾼 다음 날이었다. 어머님과 나 사이에는 푸른 물이 잔잔히 흘렀다. 어머님은 강 저편에서 내가 예단으로 해드린 옥색 한복을 입고서 바람에 치맛자락을 날리고 있었다. 아플 때 모습이 아닌 맑은 얼굴이었다. 하고픈 이야기가 많았지만, 목소리가 나오지 않았다. 어머님도 미소만 지을 뿐, 한마디 말이 없었다. 며칠 후가 제삿날이었다. 어머님과 가까이 지낸 친척에게서 그 옷감 이야기를 들을 수 있었다.

취로사업을 다녔던 어머님은 시력을 잃어가면서도 일을 나갔다고 한다. 고학을 하는 세 아들에게 부담이 될까 봐 병을 숨긴 채로였단다. 언젠가 문병을 갔더니 큰며느리에게 해 입힐 거라며 비로드 옷감을 보이더란다. 눈이 좋아지면 직접 지어서 주겠다며 좋아했다는 말도 해주었다. 어머님 방에 있던 재봉틀이 떠올랐다. 그 또한 옷감과 함께 누군가에게 줘버렸으니 철없음이 부끄러웠다.

나는 팔삭둥이 며느리였다. 어머님과는 팔 개월을 함께 살았을 뿐이다. 모녀의 인연을 맺는 데에도 열 달이 필요한데, 시어머니의 영양을 받아먹고 자라기에는 턱없이 모자랐다. 그조차 서로를 알아보지 못하는 장님의 시간이었다. 어머님은 육신의 눈을, 나는 마음의 눈을 잃었던 때니.

마음의 눈을 뜨기까지 오랜 시간이 걸렸다. 어머님은 떠날 날을 예측하고 당신의 길을 이어 걸어갈 큰며느리에게 옷 한 벌 지어 입히고 싶었을 테다. 그리고 그 길이 마른자리이기를 바랐을 거다. 여인들이라면 옷장에 비로드 옷 한 벌쯤 걸어두고 싶어 하던 시절에 당신은 입어본 적 없는 옷감으로 며느리에게 입힐 예복을 준비했으니.

어느새 어머님이 맡기고 간 길의 끝자락에 다다랐다. 까마득하기만 하던 길이었다. 주저앉고 싶었던 적 몇 번인가. 그사이 아버님도 가시고, 두 시동생은 가정을 이루어 나갔다. 당신이 떠날 때 배 속에 있던 아기도 장성하여 짝을 만났으니 나도 진자리 옷은 벗어도 될 때가 되었다. 어머님은 언젠가는 이런 날이 오리라는 것을 알았던 게다. 잘 간직했더라면 이제는 비로드 정장 한 벌 곱게 차려입을 수 있으련만…….

절두산 마당에 어둠이 내린다. 매발톱꽃도 땅을 향해 더 깊이 머리를 숙였다. 아득히 재봉질 소리가 들려오고, 깊은 곳에서 비로드 옷감을 펼쳐놓고 내 옷을 짓고 있는 어머님이 보인다.

• 『에세이포레』 2018. 가을호

달팽이의 꿈

지루한 장마였다.

홈통을 타고 내려오는 물소리에 밀려 오랜만에 베란다 청소를 했다. 화분을 밀어내고 물을 부으려고 할 때였다. 황갈색 왼돌이 달팽이 한 마리가 흙 부스러기 위를 한가로이 기어가고 있었다. 아차! 하는 순간, 물은 양동이를 떠나 해일처럼 돌진했다. 조난한 배처럼 파도에 갇힌 신세가 된 달팽이를 건져 모종판에 놓아주었다. 비 오는 날이면 마당으로 나오던 달팽이를 잡아 담장 너머로 내던지던 할머니 생각이 났다. 버릴까, 말까? 망설이다가 결정을 내렸다. '그래. 너 스스로 길을 찾아 나갈 때까지 기다려주마.'

그만으로도 인연인가. 오며 가며 지켜보게 되었다. 녀석은 낮 동안에는 껍질 속에서 꼼짝 않고 있다가 저물녘이면 빠끔히 목을 빼고 나와 화초 줄기를 오르다가 내리고, 다시 오르기를 반복했다. 몇 날을 간다고 해도 못 오르지 싶었다. 무게에 눌려 다리마저 퇴화해버린 걸까. 한 발 한 발 내딛는 걸음이 천형 같았다. '껍질만 없다면…….' 나선형의 껍데기가 부담스러워 보였다. 나도 평생을 껍질에 갇힌 채로 살아야 할 것 같은 두려움이 밀려왔다.

큰 고민 없이 한 결혼이었다. 대학 동아리 선후배로 만난 남편과는 조건을 따져본 적이 없었다. 결혼식 일주일 전에 시댁 식구들과 한집살이를 해야 한다는 말을 들었을 때도 깜깜이였다. 달팽이를 닮았던 듯, 내 눈은 지독한 근시였다. 신행에서 돌아온 다음 날 아침, 잠에서 깨었을 때야 어렴풋이 눈이 뜨이기 시작했다.

거실은 온통 잿빛이었다. 방 안에 깔린 어둠은 더 짙었다. 안방에는 깊은 병으로 앞을 볼 수 없는 시어머님이 누워 있었고, 중풍으로 몸의 반쪽 기능을 잃은 시아버님이 곁을 지켰다. 웬일인지 이십 대의 두 시동생이 거처하는 문간방에서도 빛이라고는 없었다. 고장 나다시피 한 흑백 티브이가 유일한 불빛이었다.

시부모님께 첫 밥상을 올려드리자마자 녹의홍상을 벗어던졌다. 아버님의 낡은 운동복 바지를 빌려 입고 시장으로 달려갔다. 흰색 페인트를 사 들고 와 장식장이며 신발장, 방문을 하얗게 칠했다. 처음 해본 칠 작업이었고, 어둠은 그렇게 한 번의 덧칠로 지울 수 없다는 것을 알기에 스물여섯의 나이는 너무 어렸다. 직장에 사표를 던지기만 하면 해결될 줄 알았던 것은 오산이었다. 식구들 모두에게 잃어버린 그 무엇이 되어야 했다. 시신경을 잃은 어머님의 두 눈이 되고, 움직임이 자유롭지 못한 아버님의 손발이 되고, 두 시동생의 어머니가 되어야 했다. 껍질이 하나씩 덧씌워질 때마다 숨이 막

혀왔다.

어쩌다 밖을 보면 세상은 아득한 거리에 있었다. '저 빛 속으로 다시 들 수 있을까?' 눈이 부셨다. 한낮을 걷는 달팽이처럼 여린 햇살에도 피부가 말랐다. 종일 두꺼운 커튼을 쳐두었다. 볕이 들지 않는 집은 눅눅했고, 곳곳에 이끼가 돋았다. 내 몸에도 푸른 녹이 슬 것 같았다.

달팽이가 되었다. 낮이면 집에 틀어박혀 있다가 밤이면 거리를 활보했다. 새내기 기자였던 남편은 매일 밤, 집을 비우다시피 했다. 그가 경찰서 당직실에서 기삿거리를 찾아 헤매는 사이, 집을 빠져나온 내 영혼은 본디의 나를 찾아 발에 티눈이 박이도록 돌아다녔다. 밤만이 구원이었다. '나의 나날은 밤에 와서 시선을 돌려준다.'던 베르코르처럼. 짧은 외출에도 붉어지고 마는 내 눈은 밤의 일탈 후에야 생기를 찾았다. 밤 동안 반짝이던 영혼은 아침 해가 떠오르면 나팔꽃처럼 다시 시들시들해졌다. 싱크대 앞에 서면 내가 있을 자리가 아니라는 느낌이 반복해서 들었다.

붉은 선으로 이룬 원고지 한 칸 한 칸이 밤새 내가 돌아다닌 길이었다. 아침이면 해독할 수 없는 문장들이 책상 위에 점액의 흔적으로 남았다. 달팽이가 온몸으로 써 내려간 상형문자처럼, 뜻을 알 수 없는 글씨들은 시간이 지날수록 퇴색하기는커녕 더 선명해지는 것이었다. 어느 날이었던가. 이런 은빛 문장을 보았다.

'껍데기를 깨야 해!'

그 일은 쉽지 않았다. 달팽이 껍질처럼 집은 내 몸의 일부였으니까. 그사이, 첫애가 태어났다. 한 생명을 오롯이 떠맡아야 한다는 부담감에 목이 죄어왔다. 더 미뤄서는 안 될 것 같았다. 집에서 멀어지기 위해 안간힘으로 도움닫기를 시도했다. 젖먹이 아들을 친정어머니에게 맡기고, 아버님을 병실에 둔 채로 도서관 구석 자리로 들어갔다.

다시 날아보리라. 취업을 준비했다. 어린 학생들 틈에 끼여 밑줄을 그으며 책을 읽었다. 몇 달 후, 날개를 펼쳤다. 추락이었다. 두 번째, 세 번째 비행도 마찬가지였다. 집을 벗어난 내 몸은 무중력의 공간을 유영했다. 추락을 거듭하는 사이에 날개는 부서지고 만신창이가 되어 갔다. 책상에 엎드려 지내는 날이 많아졌다. 나를 일으켜 세운 건 아이러니하게도 그즈음 슬금슬금 내 척추를 파먹어가던 결핵균이었다. 나는 다시 집에 감금되었다.

달팽이는 우리 집을 떠나지 않고 있었다. 흐트러진 데라고는 찾을 수 없었다. 늘 부스스한 모습으로 지켜보는 나를 알아보지 못하는 것이 다행이었다. 집채를 지고서 오체투지로 배를 밀고 가는 모습은 구도자를 떠올리게 했다. 돌부리도 걸림돌이 되지 못했다. 그런 녀석이 걸음을 멈춘 곳이 있었다. 난간 끄트머리에서였다. 껍질 속에 몸을 말아 넣고서는 꼼짝을 않는 모양새가 추락의 깊이를 가늠하는 듯했다. 날아보지 않고도 자신과 허공 사이, 그 간극을 어찌 알았을까. 조심스레 집어 화분에 다시 놓아주었다.

베란다로 들어오는 햇살이 아직은 뜨거운 늦여름 아침이었다. 밤에만 보이던 달팽이가 이른 아침부터 눈에 띄었다. 목욕재계를 한 듯 유난히 맑은 몸새였다. 머리를 꼿꼿이 들고서 아침 바람에 더듬이를 희번덕거리는 모습이 먼길을 떠날 채비를 하는 것 같았다. 탄

탄한 근육을 움직이며 뚜벅뚜벅 내딛는 걸음새가 화단을 접수해버릴 기세였다. 등에 실린 짐 따위는 상관하지 않는 듯했다.

모처럼 나도 외출을 하고 싶었다. 오랜만에 나선 길은 낯설기만 했다. 서점에 들러 책 몇 권을 사고, 영화를 보고, 커피숍에서 에스프레소 한 잔을 시켜놓고 있을 때였다. 갑자기 집 생각이 나면서 달팽이가 걱정되었다. 돌아와 현관문을 열었을 때는 전에 없던 정적이 감돌았다. 신발을 벗는 둥 마는 둥 베란다로 달려갔다. 화초 이파리를 뒤지고, 줄기를 흔들어보아도 달팽이는 온데간데없었다.

모종판에 담긴 검은 흙 위에 은빛 길이 나 있었다. 길은 상추 이파리를 지나 한련화 줄기를 타고 꽃송이를 향했다. 눈으로 달팽이가 갔을 길을 숨죽여 따라가다가 악! 소리를 내지르고 말았다. 달팽이는 뚝 끊어진 길 아래 큰 화분 뒤 타일 바닥에 싸늘한 죽음으로 내동댕이쳐져 있었다. 부서진 껍질을 온몸에 덮고서 몸이 바싹 마른 채로. 창틀에 걸어두었던 걸개 화분이 떨어져 내리면서 깔리고 만 것이었다.

녀석이 죽을 때 그랬을까. 숨이 할딱거려졌다. 목울대를 뚫고 외마디 소리가 나왔다.

"아, 내 껍질. 소중한 내 집!"

굳게 닫혀 있던 창을 열어젖혔다. 저무는 햇살 속으로 가느다란 은색 빛줄기 하나가 반짝이며 길을 내고 있었다.

• 『제10회 천강문학상 작품집』 2019

암매미의 죽음에 부쳐

— 다시 쓰는 「달팽이의 꿈」

풀벌레 울음이 유난한 날이었습니다.

책 한 권을 들고 집 앞 야외 카페로 갔습니다. 그늘에 앉아 책을 펼쳐 들 때였습니다. 발치에서 툭! 하는 소리가 들렸습니다. 순간, 신문의 부고란에서 읽었던 '큰 별이 지다'라는 글귀가 떠올랐습니다.

나무에서 떨어진 매미의 주검이었습니다. 하늘을 향해 뾰족한 배꼬리를 보이며 뒤집어 누운 모습이 암매미였습니다. 주검이라기보다 방금 온 새 생명 같았지요. 명주실로 엮은 듯한 날개에는 세상살이의 흔적이라고는 없었습니다. 미움이라곤 담아본 적 없었을 머루알 같은 눈, 눌려본 적 없었을 꼿꼿한 등줄기입니다. 바람 한 점, 이슬 한 방울이 그리 가벼울까요. 적막 위로 수매미들의 울음이 내려앉았습니다.

암매미는 울지 않는다는 말이 떠올랐습니다. 먹먹해졌습니다. 땅속에서 7년여를 보내고도 지상에서 두 주일 정도밖에 살지 못한 슬픔도 그렇지만, 울음 한 번 내지 못한다니요. 절명에 이르고서야 버둥질을 멈추었을 뻣뻣한 다리에는 비명이 머문 듯했습니다.

내가 매미를 애도하는 방식이란 주검을 스마트폰에 저장하는 정도였습니다. 셔터를 누르려고 할 때였습니다. 액정 속으로 글자들이 나타났다가 사라졌습니다. 경주마가 달리는 듯했습니다. 말발굽에서 '천강', '축하'라는 단어들이 튀어나왔던 것 같습니다. 빛의 속도로 메시지함을 열어 방금 받은 문자를 검색했습니다. 매미의 죽음을 슬퍼했던 마음은 잠깐이었습니다. 매미 따윈 저만치 밀쳐버렸습니다.

집으로 달려와 책상 맨 아래 서랍을 열었습니다. 나의 오래된 시간이 빛바랜 원고로 남아 있었습니다. 등단 4년 차. 첫 책을 묶을 기회가 왔을 때였습니다. 발표한 글들을 정리하다가 그때껏 꺼내지 못하고 꼭꼭 숨겨두었던 이야기들이 떠올랐습니다. 이제는 내보내야 할 것 같았습니다. 용기를 냈습니다. 「달팽이의 꿈」은 그중 하나입니다. 1990년 9월 18일이라고 적혀 있군요.

고백건대 신혼 시절엔 단 하루도 기쁘게 살지 못했습니다. 따뜻한 남쪽 출신인 내게 시가는 동토(凍土)였습니다. 세계 지리 시간에서조차 상상해본 적 없던 땅이었습니다. 뇌종양이 깊었던 시어머니와 거동이 불편했던 시아버지 사이는 적요를 넘어 냉랭하기까지 했습니다. 두 시동생은 더 버거웠습니다. 너무 추웠을까요. 늘 술에 취해 있었습니다. 혹한을 견디기 위해 40도 이상의 보드카를 마셔댄다는 심약한 시베리아인들처럼 말이죠.

신혼여행에서 돌아왔을 때, 나를 맞았던 건 개수통에 수북이 쌓여서 누군가의 손길을 간절히 기다리던 빈 그릇들이었습니다. 새

신부를 위한 밥 한 그릇 없었습니다.

매미의 유충과도 같은 깜깜한 흙 속의 시간이었습니다. 축축한 땅에서도 시곗바늘은 돌았던 모양입니다. 어머니가 돌아가시고, 아버님이 가시고, 막내 시동생이 늦장가를 들었습니다. 그런데 6개월 만에 동서가 알 수 없는 원인으로 죽었습니다. 임신을 한 채로요. 영안실에서 두 개의 목관을 놓고 목이 터져라 울었습니다. 그렇게 울어서는 안 되는 것이었던가 봅니다. 밤마다 젊은 여자가 발가벗은 갓난아기를 데리고 왔습니다. 집안의 죽은 사람들이 모두 나를 찾아왔습니다. 간염을 앓던 나는 결핵과 신경쇠약에 걸리고 말았습니다.

마지막으로 큰 시동생도 결혼했습니다. 다 가고 나면 자유로워질 줄 알았는데, 아니었습니다. 사람은 떠났는데 시간은 남아서 나를 결박했습니다. 아주 오래도록 말이지요. 함께 살 때 잘해주지 못했다는 자책에 시달렸습니다. 그러다 억울해졌습니다. 왜 내가 다 떠맡아야 했었느냐고 캐묻고 싶었습니다. 그랬다가는 또 미안해졌습니다. 자기연민과 원망과 후회의 반복이었습니다. 그런데 아무도 없었습니다.

젊은 날에는 '아픔'을 '부끄러움'과 같은 말로 여겼습니다. 남편이 다니던 직장의 사원아파트에 살아서 더 그랬는지도 모릅니다. 다들 옹골지고 포실하게 사는 것처럼 보였습니다. 아무에게도 말할 수 없는 속내를 일기장에 담았습니다. 컴퓨터를 쓰고부터는 키보드와 마우스를 움켜잡고서 싸웠습니다. 쓰지 않았더라면 지금까지도 지난 시간에 꽁꽁 묶인 채로 살고 있을지 모릅니다.

수매미와 달리, 암매미에는 발성기관이 없다는 것을 몰랐습니다.

그 자리를 알주머니가 채운다고요. 그 속에 사랑인지 죽음인지 모를 수컷의 울음을 들여 생명으로 낳고는 스스로 몸을 던져버린다니요. 사람의 암컷도 그런 태생이었을까요. 아주 작은 울음조차 담아두지 않고 다 토해버렸으니 부끄럽기만 합니다.

울음 한 번 내어보지 못하고 죽은 암매미를 생각합니다. 가장 큰 울음은 발성되지 않은 채로 존재한다지요. 발화되지 않은 울음이 얼마나 많을는지요. 그런 '울음'을 찾아 쓰고 싶습니다.

• 『리더스에세이』 2019. 가을호

어떤 문상(問喪)

갓 서른일곱. 망자의 열다섯 살이 향불로 흔들린다.

결혼하여 첫인사를 드리려고 친척 집을 돌아다닐 때였다. 남편의 이종사촌 누나 집에서였다. 유난히 뽀얀 피부에 막 익기 시작하는 복숭아처럼 두 볼이 발그레하던 중학생 소년이 있었다. 인사를 마치고는 방으로 들어가버려서 말 한마디 나누지 못했던 기억이 난다. 그 후론 만난 적이 없지만, 아이에 대한 소식은 드문드문 들었다.

아버지를 극진히 따르던 아이였다. 아버지도 생김새는 물론이고 성격도, 하는 행동도 자신을 꼭 닮은 아들을 끔찍이 챙겼다. 작은 사업체를 운영하던 그는 외환위기 때 파산을 맞았고, 충격으로 스스로 삶을 마감했다.

소년은 말이 없어졌다. 사람 만나기를 꺼려서 집 안에서만 지냈다. 며칠씩 방에서 나오지 않을 때도 있었다. 결핵에 걸렸지만, 치료도 먹는 것도 거부했다. 119 차에 실려 가 딱 한 번 응급처치를 받았을 뿐이다. 제발 약을 먹으라는 어머니의 간곡한 부탁에도 마음을 열지 못한 채 죽음에 이르고 말았다.

늦은 밤이었다. 문상객이 뜸해지면 노모의 비통함이 더 깊어질 것이라는 생각에 그 시간을 택하여 갔다. 친척들 몇이 상가를 지키고 있었다. 그 며칠 전에는 집안의 혼사가 있었더랬다. 일주일도 지나지 않은 만남이어서 예식장에서 다 하지 못한 이야기들이 자연스레 흘러나왔다. 자녀들의 진학과 취업 소식이 오가면서 축하를 주고받았다. 한 잔씩 하자며 소주잔을 들었다. 축배인지 조배인지 모를 잔이 도는 사이, 누군가 대출받아 산 아파트가 올랐다고 자랑했다. 탄성이 터지고, 축하! 축하! 속에 잔을 부딪칠 때는 문상객이라기보다 하객들 같았다.

잠자코 있던 망자의 어머니가 향을 더 피워야겠다며 무릎을 세우려고 할 때였다.

“누님, 저 불효자식 늠은 인자 잊어번지고 이 사람 야그나 좀 들어보시요오잉.”

영정을 향해 “나쁜 늠!”이라고 삿대질을 한 이는 망자의 외삼촌이었다. 그는 스스로 ‘믿는 사람’이라고 했다. 새벽기도회에서 얻어오는 양식으로 살아가는 하루하루가 감사하다고 했다. 신앙으로 꽉 차서 부모를 성가시게 한 적 없는 자식들은 그 시각에도 봉사활동 하느라 문상을 오지 못했단다. 그 말에 아무렴, 신앙생활도 부지런해야 한다고, 부지런할 수 있는 것도 축복이라며 모두 고개를 주억거렸다. 각자가 나눈 신앙 체험들로 자리에는 복(?)이 넘쳤다. 이야기가 한 순배 돌았을 때, 노모가 내 손을 잡았다.

"자네는 아마도 성당 다니제이?"

나는 이때다, 하고 끼어들었다. 자전거 경주에서 밀어내기로 가까스로 선두를 탈환한 심정이었다. 식구들이 천주교로 개종한 일이며, 여든의 친정어머니가 봉사하며 행복하게 살아가는 이야기를 했다. 어려움도 신앙의 힘으로 극복할 수 있었다며 '감사'와 '은총'이라는 단어들을 거침없이 쏟아냈다. 노모가 손을 꼭 쥐었다.

"고생이 많았소이. 차암 착하!"

콧날이 시큰해졌다. 이 집안으로 시집와서 처음으로 받는 위로 같았다. 나는 그만 도를 넘고 말았다. 어두운 기억이 터져 나왔다. 언제든 발화할 태세를 갖추고 있던 부부싸움의 단골 메뉴였다. 진실 공방만 벌이다가 접고 터뜨리기를 반복한 것이었다. 망자의 노모는 시어머님과 가까이 지낸 사이였으니 대답해줄 수 있을 것 같았다. 그때 그 일이 왜 있었는지, 왜 나만 힘들게 했는지 캐물었다. 나는 눈물에 콧물까지 보이고 말았다. 돌발 사태에 모두 당황한 빛이 역력했다. 노모가 휴지를 뽑아 건넸을 때야 뭔가 잘못되어가고 있다는 생각이 들었다.

"하긴 고통도 축복이지요. 다 은총이라고요!"

"그랑께. 지나간 일일랑은 꿀꺽 생켜버리쇼잉."

이번에도 망자의 외삼촌이었다. 분위기를 바꾸고 싶었던 모양이다.

"근데 말씨, 나라 꼴은 워째 이 모냥인겨?"

정치 이야기가 몇 번 오가더니 좌중은 두 패로 나뉘었다. 한쪽은 주장하고, 상대편은 반박하면서 분위기가 격해졌다. 망자의 어머니가 주방에서 육개장을 다시 내왔을 때는 싸움판이 되어 있었다. 젊은 죽음을 안타까워하거나, 참척의 슬픔으로 기진한 노모를 위로하는 이는 그 자리에 없었다. 종교 이야기만 하더라도 우리는 행복한데 당신만 왜 불행하냐고 따진 격이었다.

망자는 죽어서도 혼자였다. 망자 스스로 빈소를 지켰다. 이승에서의 삶도 빈소 같았으리라. 세상이 그를 사각 틀 속으로 밀어 넣었을지도 모른다. 삼촌, 사촌, 육촌의 가까운 거리에 행복에 겨워 넘치는(?) 일가친척을 두고도 그는 왜 '기쁜 소식' 한 번 접하지 못한 채 쓸쓸히 죽어갔을까?

작별 인사를 하는 둥 마는 둥 빈소를 빠져나왔다. 택시를 기다리는데 겨울 새벽바람이 따귀를 사정없이 감아올리며 다그쳐 물었다. 미상불 느껴야 할 슬픔 속에서 슬픔을 느끼지 못하고, 고통 속에서도 고통을 느끼지 못한 채로 살아가는 내가 산 자인지, 죽은 자인지를.

• 『에세이포레』 2015. 겨울호

한 그리움이 다른 그리움에게

깜깜한 무대를 비추는 한 줄기 빛. 그 속으로 날아든 나비 한 마리. 나비는 잠시 헤매는가 싶더니 두 가닥 명주실 위에 날개를 접었다. 침묵이 흐르고, 이어 대숲을 흔드는 바람 소리……. 세상의 모든 그리움이 풍화된 색일까. 살굿빛 조명이 노 시인의 진회색 슈트를 비추자 콘서트홀은 해금의 공명통처럼 고요해졌다. “어느 날 당신과 내가/날과 씨로 만나서/하나의 꿈을 엮을 수만 있다면/우리들의 꿈이 만나/한 폭의 비단이 된다면/나는 기다리리, 추운 길목에서”.*

‘2018 통일신년음악회’는 시와 해금의 애절한 만남으로 시작되었다. 간절한 그리움이 해금의 그윽한 가락 속으로 스며들었다. 다 담아내지 못한 듯 공명통에서 속울음이 새어 나왔다.

해금을 마주하고 있으려니 안쓰러웠다. 공명통과 그 위에 선 한

---

* 정희성의 시 「한 그리움이 다른 그리움에게」 에서

줄기 입죽(立竹), 두 개의 현이 전부인 단출한 몸체를 보면 더욱 그랬다. 작은 몸뚱이 하나 누이지 못하고 정처 없이 떠돌아야 하는 유랑민의 슬픔이 느껴졌다. 왜 그 순간에 오래전에 세상을 떠난 아버님이 떠올랐을까?

결혼하고 얼마 지나지 않아서였다. 아버님이 사진 한 장을 보여주었다. 앞줄 가운데에 앉은 젊은 아버님이 눈에 들어왔다. 양복 차림에 중절모를 쓴 아버님은 시인 백석보다 멋져 보였다. 왼쪽에는 한복을 곱게 입은 여인이 돌배기로 보이는 아기를 안고 있고, 오른쪽에는 네댓 살가량의 사내아이가, 뒷줄에는 키가 좀 더 큰 세 명의 아이들이 양복을 입고 서 있었다. 이북에 두고 온 가족 같았다. 아버님은 또 지갑을 열더니 메모 하나를 꺼내 보였다.

'平安南道 平壤市 鏡齊里 170番地'

한 자 한 자 짚어가며 "평 · 안 · 남 · 도 · 평 · 양 · 시 · 경 · 제 · 리 · 일백 · 칠십 · 번지"라고 또박또박 읽었다. 고향집 주소이니, 통일되면 사진을 들고 꼭 찾아가라고 했다. 만나는 사람 대부분이 친인척뻘인 소도시에서 똘똘 뭉쳐 살았던 내가 생이별의 애절함을 알리 없었다. 아버님은 그 후에도 몇 번인가 사진과 주소를 챙기며 잘 간직하라고 했지만, 삼십여 년이 흐르는 동안에 어디로 갔는지 알길이 없다. 그나마 딱 한 번 들었던 고향집 주소가 아둔한 머릿속에 남아 있다는 사실이 신기할 뿐이다.

아버님의 당부가 숙제처럼 떠오르곤 했다. 얼마 전 친척이 모인 자리에서 북녘 고향집 이야기를 했다. 그런데 주소를 아는 사람이 나뿐이었다. 가족사진을 보았다는 사람도 없었다. 아버님은 왜 유언과도 같은 말씀을 아들들에게 하지 않고 나한테 남기셨을까?

지주 집안의 둘째 아들로 태어난 아버님은 1 · 4 후퇴 때 내려왔다가 돌아가지 못했다. 고향으로 갈 길이 막히자 새 가정을 꾸려서 남한 땅에 아내와 아들 삼 형제를 두었지만, 아버님의 베개는 늘 북쪽을 향해 있었다.

외출하는 데라고는 이북5도민회 사무실이 대부분이었다. 중절모에 하얀 동정을 단 진회색 두루마기를 입고 길을 나서는 아버님은 명절날 가솔을 거느리고 큰집으로 인사 가는 작은집의 가장 같았다. 운명하시기 바로 전 해에는 족보를 찾으러 간다며 먼길을 수소문하기도 했다. 단성(丹城) 최씨 시조(始祖)와 이름이 같은 경상남도 산청군의 단성면(丹城面)을 찾아갔다. 밤이 이슥해서야 돌아오신 아버님의 두루마기 자락에는 소주병 하나가 감춰져 있었다. 그런 날이면 방문 틈새로 오랜 탄식 같은 한숨이 새어 나오곤 했다.

그리움인 듯, 해금은 울음을 삼켰다. 한참을 애처롭게 이어가던 곡조가 어느 순간 자진모리장단으로 휘몰아쳤다. 혼란스러웠다. 새날이 올 때도 그럴까. 새날에의 예감은 테너 김세일이 〈그날이 오면〉을 부르면서 확신으로 바뀌었다. 그 노래를 부르는 것만으로도 불온한 사상의 소유자로 낙인찍히던 시절이 있었다. 투쟁 현장에서나 듣던 노래를 최신 음악당에서 듣게 되다니. '그날'이 가까워진 것이리. 리릭 소프라노 신영옥이 〈고향의 봄〉을 부를 때에는 관중석에서 "복숭아꽃 살구~꽃 아기 진달~래"가 울멍울멍* 피어났다. 남북한이 함께 만든 〈임진강〉이 연주될 때는 그리움이 강물이 되어 흐르는 것 같았다.

남과 북이 해금의 두 줄이 되어 한반도라는 공명통을 평화로 울리는 그날을 앞당길 수 있다면.

그날이 오면 아버님의 고향집을 찾아가리. 그곳에서 의붓동서들과 조카, 일가친척을 만나 오래된 그리움을 나누리. 그리움이 무르익으면 아랫동네에 있다는 '옥류관'으로 가서 평양냉면을 시켜야지. 얼음을 동동 띄워낸 동치미 국물에서 건져 올린 냉면 가락을 속이 뻥 뚫리도록 후루룩후루룩 소리 내어 먹어야지. 아, 왕만두 한 접시도 빠트릴 수 없을 테다.

● 『한국수필』 2018.8

* 울음이 터질 듯한 모양. 북한어

오빠 생각

내가 대학을 다니던 1970년대에는 남녀를 불문하고 선배 남학생을 '형'으로 불렀다. 동아리 선후배로 만난 나도 남편을 그렇게 불렀다. 그러다가 말을 배우기 시작한 첫 아이가 제 아빠를 "형! 형!" 하고 찾는 소리에 놀라 호칭을 고민하게 됐다. 남편은 기다렸다는 듯이 '오빠'로 불러달라고 했다. '오빠'가 된 그는 더 패기만만해 보였다. 퇴근해 올 때면 "오빠 왔다!"를 외치며 호기롭게 웃옷을 벗어 건네곤 해서 듣기에도 좋았다. 그런데 언제부터인가 '오빠'가 사라졌다.

새벽 5시. 남편과 동시에 잠에서 깼다. 서두르는 사이에 남편이 먼저 집을 나섰다. 그는 버스를 타고 회사로, 나는 차를 몰고 성당으로 갈 참이었다. 조금만 기다리면 버스정류장까지는 함께 타고 갈 수 있는데 또 먼저 가버렸다. 계단을 뛰어 내려갔다. 천지는 깜깜하고 그는 없었다. 급하게 차를 몰았다. 바퀴 아래에서 눈뭉치가 부서지며 날아올랐다. 아파트를 빠져나오니 언덕길을 내려가는 그가 보였다. 클랙슨을 누르려다가 말았다. 양손으로 귀를 비비며 바람 속을 걷는 걸음이 아렸다. 눈치챌 수 없도록 비탈에 차를 멈추고 있자니 핸들을 꺾어 쥔 어깨놀이가 아팠다. 내리막 빙판길에 위태롭게 서 있던 자동차처럼 남편은 그해 겨울을 힘겹게 버티고 있었다.

남편은 방송기자로 삼십 년 넘게 한 방송사를 다녔다. 싫어도 말을 해야 하는 것이 그의 일이었다. 다른 사람들은 할 말을 못하면 속이 타서 술을 마신다는데 이상하게도 그는 말을 하고 온 날, 술을 더 많이 마셨다. 그즈음엔 더욱 그랬다. 정국은 혼란했다. 하루하루가 전쟁터에 나가는 사람 같았고, 패잔병이 되어 돌아왔다. 그날도 잔뜩 취한 채 밤이 깊어서야 왔다.

"나 이제 벙어리다."

이 한 마디를 남기고 소파에 드러누워 잠들어버렸다. 술을 마신 다음 날이면 온갖 핑계로 말을 걸어오던 그가 웬일인지 며칠이 가도 말이 없었다. 무슨 말인가를 하려다 말고 망설이는 모습이 그답지 않다고 생각했던 날 밤, 그가 입을 뗐다. 티브이 주조정실로 발령을 받았다고 했다. 그러고는 말이 없었다. 관련 소식을 찾아 인터넷을 검색했다. 회사 방침과는 다른 말을 했다는 이유로 미움을 산 것이었다. 논설위원을 주조정실로 인사 발령을 낸 건 방송사 창립 이래 처음 있는 일이었다.

언론사에 입사할 때부터 예정되었던 것인지도 모를 일이었다. 그는 '알릴 의무'와 '보도지침' 사이에서 늘 고민했다. 목소리를 내자면 한계를 실감했고, 침묵하자니 양심이 허락하지 않았을 것이다. 그러니 올 것이 온 격이었다. "그깟 직장 그만둬버려요!" 해줄 수 있는 말이란 그뿐이었다. 위로해줄 만한 말을 찾지 못했기 때문이기도 하지만, 일주일이나 해온 속앓이를 눈치채지 못한 아내의 알량한 자존심이었다.

옮겨간 자리에 그가 할 일이 있을 리 만무했다. 사실상의 권고사직이었다. 처신이 얼마나 힘들었을지는 듣지 않아도 안다. 학업을 마치지 못한 두 아이를 둔 가장으로서 감내하는 모습이 안타까웠다. 그를 대신할 수 없는 나의 무능함이 원망스럽기도 했다.

집에서도 말이 사라졌다. 속을 태우던 어느 날, 도림천으로 산책을 하러 갔다. 천변 바위에 앉아 쉬는데 색소폰 소리가 들려왔다. 눈을 감고 듣던 남편에게서 허밍이 새어 나왔다. 답답한 속을 풀어줄 수 있으려나, 색소폰을 권했다. 마침 집 앞 문화원에 강좌가 있었다. 첫 수업을 받은 날부터 남편은 색소폰을 들고 살다시피 했다. 얼굴은 빨개지고 볼은 불룩 개구리가 되고 눈알은 튀어나올 것 같았다. 우스꽝스러운 표정만큼이나 이상한 소리는 외마디가 되어 뚝뚝 끊기고 말았지만, 나는 그가 서툰 옹알이나마 이어가기를 바랐다.

그러구러 몇 달이 지났다. 베란다에서 꽃을 손질하는데 남편이 부는 색소폰 소리가 들려온다.

뜸북뜸북 뜸북새 논에서 울고
뻐꾹뻐꾹 뻐꾹새 숲에서 울 제
우리 오빠 말 타고 서울 가시면
비단 구두 사가지고 오신다더니

초보 색소포니스트의 되풀이 연습에 맞춰 따라 흥얼거리다 보니 목울대가 뜨거워진다. 웬일인가. 내게는 애당초 있어본 적도 없던 '오빠', 그래서 한 번도 불러보지 못한 '오빠'가 아닌가. 그런데 그 '오빠'가 갑자기 서럽게 느껴지면서 그리워지기까지 한다. 이 겨울이 가고 나면 새봄이 올 테지. 눈 녹은 자리엔 새잎 돋고 새가 날아들 테지. 뜸부기 울고 뻐꾸기 울 테지. 그맘때면 나의 '오빠'도 잃었던 말을 찾을 수 있으려나.

"삑! 삐익!"

아직은 큰 산을 넘는 겨울바람처럼 거친 선율이다. 결 고운 소리를 내자면 얼마나 많은 숨을 다독여야 할까. 그는 적게 말하지만, 나는 예전보다 훨씬 많이 듣는다는 것을 그는 알까?

● 『에세이포레』 2019. 겨울호

피아노가 있던 자리

돌아누운 등이 쓸쓸해 보였다. 방 한 구석에 쪼그리고 앉은 모습은 옹색하기 그지없었다. 한때는 가족의 사랑을 받으며 거실 한가운데를 차지했던 피아노다. 아이들에게 맨 먼저 시킨 사교육이 피아노 레슨이었다. 하루하루 늘어가는 연주 실력을 지켜보는 것만으로도 큰 기쁨이었다.

피아노는 식구들을 제 곁으로 불러 모았다. 집안 행사가 있을 때면 아이들의 반주에 맞춰 노래를 잘 못하는 어른들도 합창을 했다. 피아노는 가구 역할도 대신했다. 여러 대회에서 받은 트로피나 꽃도 피아노 위에 놓았다. 큰 가족사진도 피아노 옆 벽면에 걸었다.

하지만 모든 자리가 그렇듯, 영원한 영화는 없는 모양이다. 재산 목록 1호나 다름없던 피아노도 시간이 흐르자 제자리에서 밀려나고 말았으니. 아이들이 다른 악기를 시작한 데다, 살림이 늘면서 이 방 저 방을 떠도는 애물단지 신세가 되었다. 이사할 때는 처분 대상 1호였지만 함께했던 추억 덕에 간신히 살아남았다. 마지막 자리는 안

방 행거 아래 그늘진 곳이었다. 식구들도 더는 피아노를 기억하지 않는 것 같았다. 악보를 올려놓는 보면대나 의자에 젖은 속옷이나 양말을 널어 말리는 공간으로 이용할 뿐이었다.

남편이 보이지 않는다. 거실 중앙의 큰 소파가 그의 자리였다. 신문을 읽거나 티브이를 보고, 가족회의를 주재했던 곳이다. 아이들이 고3이었을 때도 큰 소리로 웃으며 코미디 프로를 보고, 밤새워 월드컵 축구 경기를 보며 소리를 질러대던 성역이었다. 그런데 그 자리에 그가 없다. 아침나절이면 망설망설 찾아온 여린 햇살이 엉거주춤거린다. 한낮이면 뙤약볕이 잔뜩 긴장한 채로 머물다 가고, 저녁이면 자유롭게 펄럭이던 마른 옷가지들이 건조대에서 내려와 몸을 사린 채로 있다. 그의 전유물이던 텔레비전 리모컨은 옷가지 속에서 주인을 잃고 표류 중이다.

남편이 은퇴했다. 처음이자 마지막이었던 유일한 직장이었다. 정년을 채운 퇴직이었지만 충격이 컸다. 출전 정지를 당한 것 같았다. 신체 나이가 50대 초반인 그로서는 받아들이기 힘들었을 것이다. 일년 전에 마라톤 대회에서 받아온 완주 기념 메달이 거실에 걸려 있는데 말이다. 32년 동안 뿌리내렸던 자리를 옮겼으니 몸살이 심할 것은 당연했다.

길을 걷다가 우뚝 멈추는 습관이 생겼다. 매일 하던 산행도 달리기도 뜨문뜨문해지더니 그조차 멈춰버렸다. 은퇴의 충격은 남편을 방으로 밀어 넣었다. 은둔의 시작이었다. 그가 없는 빈자리가 그의 존재를 더 뚜렷하게 했다.

어느 날이었다. 침묵을 깨는 소리가 문틈으로 새어 나왔다. 남편이 전화를 걸어 동네 문화원에 수강 신청을 하고, 차례가 오기를 기다리면서 순번을 확인하는 눈치였다. 그리고 한 달이나 지났던가.

"띵…… 띠잉……."

남편이 피아노를 배우기 시작했다. 무생물과 사람 사이에도 교감이 일어나는 걸까. 혼자 있기 위해 들어간 방에서 남편은 피아노를 만났을 거다. 의기소침해진 마음을 누구보다 먼저 헤아렸을 터. 동병상련의 애틋함이 그를 와락 끌어안기라도 했을까. 무뚝뚝한 남편도 도리 없이 몸을 내주었을 거다. 합방을 치른 그날 밤, 둘은 한몸이 되어 굳은 언약이라도 맺었음이 분명하다.

남편은 하루도 거르지 않고 피아노를 연습 중이다. 건반의 자리를 익히며 새 길을 건너는 법을 배운다. 여러 옥타브를 폴짝 뛰어오르기도 하고, 단번에 내려야 할 때도 있겠다. 인생에 완전히 새로운 길이 있을까. 어제는 오늘로, 오늘은 내일로 이어질 터. 은퇴 또한 지금껏 걸어온 길의 연장일 뿐, 끝이 아니다.

여러 날째 단조로운 음이 반복되고 있다. 소심했던 피아노도 제법 소리를 높여간다. 꽁꽁 얼어붙었던 피아노의 마음도 봄눈처럼 녹고 있을 것 같다. 살그머니 방문을 열었다. 건반을 누르는 그의 손끝에서 막 번데기를 벗어난 호랑나비 한 마리가 젖은 날개를 퍼덕이며 몸을 가누고 있다.

• 『좋은생각』 2017.9

음력 팔월 스무나흗날 아침에

새벽 미사에 다녀오는 길이었다. 산길에 피어난 구절초 몇 송이를 꺾어 들고 걸음을 재촉했다.

남편이 깨어나기 전에 서둘러야 했다. 집 안에 들어서자마자 미역국 솥에 불을 올렸다. 식탁에 보를 깔고 크리스털 꽃병에 들꽃을 꽂았다. 그릇장에서 예쁜 그릇을 꺼내어 잡채와 불고기를 담고 그가 좋아하는 낙지연포탕은 전골냄비에 담아 가운데에 놓았다. 화장을 하고 전날 밤에 손질해둔 개량 한복으로 갈아입고 보니 거울 속 얼굴이 저고리 고름처럼 발그레했다.

음력 8월 24일, 남편의 생일 아침이었다. 잊고 지나기를 여러 번이었다. 핑계를 대자면 추석 때문이었다. 결혼하고부터는 추석 명절만 되면 두어 달 전부터 긴장되었다. 맏며느리로 혼자 차례 음식을 만들고 일가친척을 맞는 일이 힘에 부쳐서 일 주 남짓 후에 오는 남편 생일은 대충이거나 잊어버렸다. 그래도 호탕하게 넘기더니 은퇴

하고부터는 변했다. 이번엔 기어이 속내를 드러내 보이고 말았다. 당신이 애기냐며 놀렸지만, 미안했다. 그는 늘 뒷전이었으니.

아들이 결혼하던 첫해, 아들 생일 때였다. 생일 전날이면 밤늦도록 준비하던 생일상을 이제는 내가 차리지 않아도 된다는 사실이 홀가분하면서도 여간 허전하지 않았다. 뒤척이며 건밤을 보내다가 한밤중에 부엌으로 나오고 말았다. 냉동고를 뒤져 미역국을 끓이고 불고기를 만들고 조기 한 마리를 쪘다. 아침을 먹다가 두어 달 전에 있던 남편의 생일을 또 지나쳤다는 것을 알았다. 특별한 아침 밥상이 아들의 생일상이라는 것을 그가 알아채기라도 한다면 어쩌나 싶어 조마조마했다. 그래, 그때부터 단단히 마음먹었다.

올해는 달력을 받자마자 남편 생일에 동그라미를 여러 번 쳐두었다. 양력으로 헤아리니 10월 13일이었다. 예년 같으면 구월에 드는 생일이 윤달 탓에 시월에 있었다. 문득 생일을 올해의 양력 날짜로 고정하고 싶어졌다. 시월 중순이라면 추수를 다 끝내고 곳간이 그득할 때가 아닌가. 시절을 곱게 물들일 색바람까지 불어오니 더 바랄 게 없겠다.

그가 평생 무거운 짐을 지고 살아온 데에는 태어난 달도 한몫한 것 같다. 어정칠월 동동팔월이라고, 뙤약볕 아래에서 익어가는 벼를 보며 어정어정 지내는 칠월에만 태어났어도 오죽 좋을까. 가을걷이로 발걸음 동동거리며 지난다는 음력 팔월 말, 늦더위마저 기승을 부릴 때라니. 남편을 생각하면 아직은 볕 뜨거운 날, 수레에 나락가마니를 깝북 싣고 두 다리를 후들거리며 가풀막을 오르는 한 마리 말이 떠오르곤 한다.

남편은 중학교를 졸업하면서부터 가족의 짐을 지고 살았다. 아버님이 사업에 실패하면서 장남에게로 옮겨진 등짐은 그를 평생 음력 팔월 이십사일 즈음의 짐말처럼 살게 했다. 청말띠로 태어났지만 시원하게 내달려본 적도 없다. 검정고시로 고등학교 과정을 마치고 대학에 입학했지만, 기대를 안고 선택한 전공을 살리지 못하고 진로를 바꿔야 했다. 꿈을 이어가기에는 식구들의 생계가 급했다.

생일이래야 아이들 일정에 맞추어 주말에 외식하는 것이 고작이었다. 올해도 생일이 금요일에 들어서 하루 미뤄 토요일에 할 계획이었다. 그런데 이제부터는 나 혼자서라도 제날에 챙겨주고 싶었다.

며칠 전부터 준비에 들어갔다. 색 도화지에 생화를 꽂아 카드를 만들고, 두어 구절 쑥스러운 고백도 담았다. 요즘 들어 부쩍 추위를 타는 것 같아 신상품으로 카디건도 하나 사서 포장해두었다. '현금 봉투도 만들면 어떨까?' 웃음이 나왔지만 좀 유치하면 어떠랴. 은행에 가서 신권으로 바꿔 제법 두둑하게 봉투를 만들고 나니 그의 반응이 궁금했다. 기다리는 하루하루가 설렜다.

연극배우가 된 것 같았다. 하긴 남편이 오래고 힘든 시간을 용감한 척, 무심한 척 건너올 수 있었던 것도 가족 몰래 했던 연극 덕분이었는지 모른다. 그러니 이제부터는 나도 일 년에 하루만이라도 지고지순한 아낙을 연기하고 싶다. 작심삼년으로 끝날지라도.

우리 부부에게는 달콤한 신혼의 기억이 없다. 결혼 첫날부터 긴장의 연속이었다. 단둘이 겸상하여 밥을 먹었던 적도 없지 싶다. 손아래 동서들이 신혼여행에서 돌아와 둘만의 보금자리를 차렸을 때 얼마나 부러웠던지 모른다. 어느새 우리도 둘뿐이다.

촛불을 댕겼다. 혼자서 축하 노래를 부르자니 겸연쩍기 짝이 없었다. 남편도 쑥스러운지 눈을 꼭 감고 있었다. 촛불이 그의 눈가를 비추었다. 날카롭던 눈매는 늘어진 눈꺼풀 속으로 사라지고, 그윽해진 세월이 눈자위를 덮었다. 꽃병에 꽂힌 구절초도 눈을 감는 듯했다.

나도 눈을 감았다. 노랫소리가 아득해지며 수많은 시간을 뛰어넘어가고 있었다. 눈을 뜨면 푸르디푸른 날의 그가 내 앞에 서 있을 것만 같았다.

● 『문학에스프리』 2018. 가을호

놀란흙*

전화선을 타고 들려오는 아들의 음성이 떨렸다.

손주가 태어났단다. 남도를 여행 중인 남편으로부터 스마트폰으로 사진 한 장을 전송받은 직후였다. 눈 내린 마을을 배경으로 감나무에 까치 한 마리가 앉아 있었다. 홍시 두 개가 하얀 눈을 이고 있는 풍경이 풍요로웠다.

아기가 태어난 시각의 세상이 그러했을까. 아기의 첫울음 소리가 우렁차게 울려오는 것 같았다. 바람은 고요하고, 까치는 울음을 멈췄겠다. 사진을 찍은 시각은 오전 7시 30분이었다. 아기가 태어난 때는 2분 뒤인 7시 32분이었다니 남편은 손주가 세상에 오는 기운을 영(靈)으로 먼저 느꼈던가 보다.

성당에 가던 길이었다. 당장 병원으로 달려가고 싶었지만 면회

* 한 번 파서 손댄 흙. 마경덕의 시 「놀란흙」에서 발견

시간에나 볼 수 있단다. 혼자 길을 걷는데 자꾸만 웃음이 나왔다. 사람들을 붙잡고 손주가 태어났다고 자랑하고 싶었지만, 삼칠일 동안은 비밀로 해야 한다는 옛말이 떠올라 꾹 참았다. 성당 마당에 들어서자마자 성모상 앞으로 달려가 속삭였다. 촛불을 켜고 보니 성모님의 입가에도 미소가 번지는 듯했다.

미사를 마치고 나오니 남편에게서 연락이 와 있었다. 서울에 도착하려면 네 시간이나 남았단다. 조바심이 났다. 집에 와서 집 안 구석구석을 걸레질하면서 아기를 만날 때 입고 갈 옷을 생각했다. 노랑 원피스를 꺼내어 빨래 건조대에 걸어두고 거풍을 시켰다. 흰색은 어떨까. 그러다가 초록 원피스에 흰 블라우스를 받쳐 입었다. 아기가 푸른 잎 무성한 나무로 쑥쑥 자라났으면 하는 바람이었다.

남편이 도착했다는 전화를 받고 병원으로 갔다. 아기는 유리 칸막이 너머에서 강보에 싸인 채 곤히 잠들어 있었다. 긴 여정을 풀고 있는 것 같았다. 눈을 감은 모습으로도 영락없는 우리 식구였다. 사람들이 아기를 가리키면서 아빠 닮았네, 엄마 닮았네, 할 때면 입으로는 맞장구를 치면서도 속으로는 그랬었다. '고슴도치 양반님네들! 신생아 얼굴이 다 비슷하지요.' 그런데 어쩐 일인가. 우리 아기는 신생아 때의 제 아빠를 빼닮아 보였다.

선물로 가지고 간 오르골을 틀어주었다. 규슈의 유후인 거리를 걷다가 맑은 음색에 반해 들어갔던 상점에서 한참을 골라 사 온 것이었다. 갓 태어난 손주의 귀에 담길 소리라고 생각하며 얼마나 가슴 벅차했던가.

돌아오는 길에서였다. 지하철을 두 번 환승하여 서울대입구역에서 내렸다. 집까지는 다시 버스를 타고 네 정거장을 가야 하는데 남편과 나는 약속이나 한 듯 버스 정류장을 지나쳐 있었다. 걷고 싶었다. 하늘과 땅, 바람이 난생처음 보는 새것이었다. 멀리 아파트가 보였다. 남편은 고깃집에서 저녁이나 먹고 가자고 했다. 삼겹살로 자축하고 있는데 친척들에게서 축하 전화가 이어졌다.

온 집안 식구가 함께 아기를 낳은 것 같았다. 어느새 모두는 새 이름을 받았다. 우리 부부는 할아버지, 할머니가 되었고 딸은 고모가 되었다. 두 시동생은 작은할아버지가, 다섯 명의 여동생은 이모할머니가 되었다. 이종과 고종, 육촌과 사돈, 그 사돈의 팔촌도 새 이름을 얻었다. 친척뿐 아니다. 숫자로만 기억되던 사람들이 누구누구네 옆집 아줌마가 되고 아랫집 아저씨, 윗집 누나가 되었다. 이름을 받은 이상, 그 이름으로 살아갈 것이다.

그러니 한 명의 아기가 온다는 것은 운명 공동체를 '놀란흙'으로 만드는 일이다. 일가는 자신들의 자리를 조금씩 내어주고 받아들이면서 한 자리에 오래 머물러 있어 굳어진 흙덩이를 새 공기와 볕살로 포슬포슬하게 쟁기질할 거다. 다른 사람이 있던 자리에 서게 되면서 서로를 이해할 수 있게도 될 테지.

또 한 장의 사진이 왔다. 아들이 아기에게 젖병을 물리고 있다. 아들이 태어나던 날, 남편이 우유를 먹이던 사진과 어찌 그리 닮았는지. 그 아기가 자라 한 생명의 아빠가 되다니……. 세상에 와서 해 놓은 일 없이 머물다만 가는가 보다 했는데 내 한 몸도 이음새가 되었다고 생각하니 후듯해졌다. 아기가 마음밭을 벌써 '놀란흙'으로 만든 때문이었을까. 늦도록 잠을 이룰 수 없었다.

그날 밤, 지구 바깥 어느 별에서는 여느 때보다 푸른 지구를 볼 수 있었을 테다.

● 『인간 · 철학 · 수필』 2020

휘파람새

"휘이이 휫, 휫, 휫, 휫, 휫, 휫, 휫, 휘이~."

샤워 물소리 속으로 딸아이가 부는 휘파람이 들려온다. 도마질을 하다 말고 귀를 기울인다. 얼마나 오랜만에 듣는 소린지……. 핑그르 눈물이 돈다.

딸아이는 어릴 때부터 휘파람을 잘 불었다. 흥겨울 때는 물론이고, 기분이 안 좋을 때도 불었다. 금방 할 수 없는 곤란한 대답도 휘파람이 대신했다. 아이의 몸속에는 작은 휘파람새 한 마리가 사는 것 같았다. 즐거울 때의 소리는 높고 경쾌했고, 걱정이 있을 때는 낮고 길었다. 중고등학교에 다닐 때는 사흘이 멀다고 치르는 시험에 가슴을 졸이다가도 아이 방에서 휘파람 소리가 나면 안심했다. 그때까지만 해도 아이는 자주 헤헤거렸다. 휘파람은 내 마음까지 치료하는 영약(靈藥)이었다.

딸애가 부는 휘파람을 처음 들었을 때는 놀라면서도 내심 손뼉을 쳤다. 아이가 연습을 많이 해서 더 좋은 소리를 내기를 바랐다. 휘파람은 남성의 전유물이라고 여겼던 적이 있다. 1970년대 초반이었던 것으로 기억된다. 어느 날 키가 큰 여가수가 텔레비전에 나와서 "휘파람을 부세요."라고 노래하더니 대번에 히트곡이 되었다. 집안일을 도와주던 향순 언니가 듣고 "호요오오, 호오오잇" 하고 소리를 내면 할아버지는 금방 목울대 아래에서 헛기침을 끌어 올렸다. '딸아가 휘파람을 불모 안 되는 기다.'라는 무언의 경고였다.

할아버지의 말씀이 옳았던지 그 노래는 얼마 지나지 않아 금지곡이 되었고, 여가수는 브라운관에서 사라졌다. 여자아이에게는 왜 휘파람을 불지 못하게 했을까? 여자가 목소리를 내면 힘든 삶을 살게 될 것이라는 으름장이었을까. 여자에게는 남편과 자식을 건사하며 살아가는 일이 최고의 행복이라는 달램이었을까. 꼬드김이었을까. 며칠 전에 티브이에서 그 여가수를 보았다. 그녀는 프랑스 유학에서 돌아와 전문직 여성이 되어 있었다.

딸아이는 하고 싶어 하던 공부를 포기하고 원치 않은 전공을 택해야 했다. 나 때문이었다. 딸은 나처럼 가정만 지키며 살지 않았으면 싶었다. 어디 한 자리에 존재를 심고 꽃피우며 살기를 바랐다. 우여곡절 끝에 내 뜻을 받아들이긴 했지만, 나도 아이도 혹독한 시간을 견뎌야 했다.

차선으로 선택한 전공은 아이에게서 꿈과 함께 휘파람 소리를 앗아가버렸다. 때맞춰 찾아온 나의 갱년기는 딸아이와 나를 소소리바람 앞에 세웠다. 아이는 언어를 바꾸었다. 아이가 쓰는 말을 해독할 수 없었다.

몇 년 전에 딸과 함께 유럽 배낭여행을 다녀왔다. 여행 첫날부터 우리는 보고 싶어 하는 것이 너무 다르다는 것을 알았다. 나와는 달리 딸아이는 미술관이나 박물관을 좋아해서 들어갔다 하면 퇴장 시간이 되어서야 나왔다. 나는 먼저 나와 근처 카페에서 기다리면서 시간을 보내느라 황새목이 되곤 했다.

여행 막바지쯤이었다. 아침을 먹으며 여행지를 놓고 옥신각신하다가 각자 보고 싶은 것을 보기로 했다. 숙소를 나서자마자 딸은 뒤도 돌아보지 않고 휑하니 제 갈 길로 가버렸다. 따라가고 싶었지만 자존심이 상했다. 나도 앵돌아섰다. 혼자 우두커니 백화점 앞 의자에 앉아서 행인들을 보고 있자니 괘씸하고 서운하기 짝이 없었다. 아이를 키우던 때가 떠올랐다. 다룰 줄 아는 악기 하나 없던 나는 딸에게 교양을 익히게 한답시고 아주 어렸을 때부터 피아노며 바이올린을 배우게 했고, 틈나는 대로 음악회며 전람회장을 찾아다니게 했다. 그러니 다 내 탓이었다.

모차르트 생가에 간 날이었다. 문 여는 시간을 기다려 들어갔다가 다 보고 나니 해가 기울고 있었다. 이어서 〈마술피리〉 공연이 있다는 것을 알았다. 다른 때 같으면 앵하니 나와버렸을 텐데 애줄없었다. 하늘에 별이 총총해서야 나왔다. 초콜릿 가게가 즐비한 작은 골목길을 걸어 나올 때였다. 딸아이 입에서 휘파람 소리가 났다. 휘파람새 한 마리가 잘차흐(Salzach)강 마카르트(Makart) 다리 위를 날아오르는 듯했다.

그날, 밤이 깊도록 긴 이야기를 했다. 수컷만이 휘파람을 불 수 있도록 허락된 세상에 대한 엄마 나름의 도전이었다고 했다. 그러나 수컷들도 매력적인 목소리를 내기 위해 태어나자마자 피나는 연습을 한다는 걸 알게 되었고, 그때부터 나도 휘파람을 연습했지만, 목청이 다 성장한 다음에는 암만 연습해도 잘 불 수 없다는 걸 경험했노라고, 그래서 네겐 어려서부터 호된 훈련을 시켰던 거라고, 잘 걸어와줘서 고맙다고 말해주었다. 그 기억이 새겨졌던가 보다. 여행에서 돌아온 뒤로 아이는 〈마술피리〉를 휘파람으로 곧잘 불었다.

한 달 후면 딸아이가 결혼한다. 신혼집을 구하다 온 아이는 궁금해하는 나를 세워두고 샤워부터 하겠다며 목욕탕으로 뛰어 들어갔다. 조건에 맞는 집을 구하느라 며칠째 다니면서도 힘든 기색이라고는 없다. 시집을 간다니 기쁘기 그지없지만 걱정도 된다. 제 손으로 제대로 된 밥 한 번 지어보지 못했다. 빨래며 청소며 요리며 다 어찌 할지……. 샤워가 끝났나 보다.

"휘이 휘휘 휘이휘휘 휘휘휘~."

"Don't worry, Be happy~~. Don't worry, Be happy~~"*

노랫말 사이로 들려오는 휘파람 소리가 어느 때보다 청아하다. 성숙한 암새다. 아이는 벌써 새로운 둥지를 향해 날갯짓을 시작했다.

● 『인간과 문학』 2020. 겨울호

---

* 바비 맥퍼린(Bobby McFerrin)의 노래

제4부

동백꽃 피는 소리

한 번 붉어진 꽃은 해풍 속에서 붉은빛을 더해갔다. 어판장 여인들의 악착스러운 삶을 닮아 저절로 붉어지는 빛이었다. 통증으로 밤을 뒤척이다가도 다음 날 어둑새벽이면 좌판 앞에 오뚝이처럼 앉는 아낙들처럼, 동백은 찬바람 속에서도 꼿꼿이 피어났다.

새를 찾습니다

회색 몸체에 주황색 볼. 꼬리 10cm, 몸통 15cm.

"깐난아!" 하고 부르면 옵니다.

신동아 아파트 근처에서 잃어버렸습니다.

관악산 주변에 있을 것으로 추정합니다.

사례금 100만 원.

새를 찾는다고? 머리를 한 대 얻어맞은 기분이었다. 걸어 다니는 인간이 날아간 새를 어찌 찾을까? 조금 더 가니 새를 찾는 전단이 또 있었다. 골목을 나오는 100여 미터 사이에 똑같은 알림 쪽지가 열 개도 넘었다. 잃어버린 아이를 찾는 간절함이 전해졌다.

산목숨을 잃어본 사람의 간절함이라니. 나도 딱 한 번 아들을 잃은 경험이 있다. 세 살 적에 시장엘 데리고 갔다가 물건 사는 데에 정신이 팔려 손을 놓아버렸었다. 삼십여 분을 찾아다녔을 뿐인데도 그때를 생각하면 지금도 아뜩해진다. 새를 잃은 주인도 엄마 심정이었던가 보다. 오죽했으면 날아간 새를 찾을까.

길이 끝나는 곳에서였다. 빗물 웅덩이에 전단 한 장이 보였다. 물에 빠진 새를 건지듯 얼른 주워 들었다. 벽에 대고 꾹꾹 눌렀더니 빗물 때문인지 붙었다. 내 마음에도 그때 그 새가 한 장의 전단으로 붙여졌던 걸까. 우산 속으로 비가 들이치는 것도 모르고 새에게 빨려들었다.

왕관앵무새였다. 흑백사진이었지만 명암의 세기로 새를 어렴풋이 읽을 수 있었다. 힘주어 추켜올린 앞머리와 잿빛 연미복을 받쳐 입은 듯한 반듯한 몸새가 첫눈에도 어험스러웠다. 꽁지깃에서는 함치르르한 윤기가 흘렀다. 명상에 잠긴 눈빛으로 올올히 앉아 있는 모습이 성년에 이른 새였다. 새가 보고 싶었다. 눈망울을 맞추고 싶고 코와 부리, 발톱까지 만져보고 싶었다.

주변을 둘러보았다. 어둑한 고시촌에 한 가닥 빛줄기가 비치는 것 같았다. 보고 만질 수 있는 것이 아니면 믿지 않는 세상에 날아간 새를 찾다니. 모두가 허망해할 것을 간절함으로 기다리는 사람이 우리 동네에 살고 있다는 생각만으로도 몸이 따뜻해졌다. 우산 그림자가 큰 날개새가 되어 밤하늘을 두둥실 날아오르게 했다. 거세진 빗줄기에 치맛자락이 다 젖었지만 달뜬 채로 한참을 걸었다.

알림 쪽지에 적힌 전화번호를 스마트폰에 담았다. 카톡 창에 포로롱! 새 한 마리가 날아들었다. 전단의 새가 자라기 전의 사진 같았다. 노랑연두 깃털과 오렌지색 볼, 호기심 가득한 눈망울이 이제 막 날갯짓을 시작한 애송이 새였다. 사람 어깨에 달라붙다시피 앉은 목덜미에서 주인의 쓰담쓰담한 손길이 느껴졌다.

프로필 배경 화면을 눌렀다. 주인으로 보이는 중년 남성이 전단에 실린 새를 안고 웃고 있었다. 맑고 선한 눈빛이 새를 똑 닮았다. 그도 어쩌면 한 마리의 순수한 새를 꿈꾸는 사람이 아닐까 싶었다. 새가 주인을 닮았는지도 모를 일이었다. 나도 모르게 기도가 나왔다.

'깐난이가 꼭 돌아오기를 바랄게요.'

다음 날 아침이었다. 베란다에 서서 숲을 살폈다. 새 소리가 전에 없이 요란했다. 전날 일이 떠올랐다. 새로 온 깐난이와 인사라도 나누는 것일까. 새를 부르고 싶어 목청을 가다듬었다. 그런데 웬일인가. 당최 목소리가 나오지 않았다. 그보다, 새를 부르려니 어처구니가 없었다. 몇 번의 헛기침 끝에 용기를 냈다.

"깐난아!"

"……."

아무렴, 내 목소리가 새들에게 닿았을 리 만무했다. 나는 새들의 세상에서 너무 멀리에 있었다. 새들은 내 속을 다 알고 있을 터였다. 주인에게 돌아올 것이라는 믿음도 없으면서 깐난이를 부른다는 사실을 말이다. 진심을 담아 이름을 불렀던 적이 몇 번이나 있었던가. 속내를 들켜버린 것 같아 부끄러웠다. 새를 부르지 않은 지 며칠이 지났다. 한데, 새가 머리에서 떠나지 않았다.

카톡 창을 열어 새의 주인에게 물었다. '깐난이가 돌아왔나요?' 그는 아직 안 왔다며 마음 써주어 고맙다고 했다. 용기를 내어 다시 새를 부르기로 했다. 이름을 불러주는 것만으로도 순수한 영혼을 가진 한 사람을 응원할 수 있을 것 같았다. 그날부터 베란다에 서거나 관악산 근처를 지날 때면 깐난이를 불렀다. 지나는 사람들이 보고 의아해하며 두리번거렸지만 신경쓰지 않았다.

화답이라도 온 것일까. 깐난이를 부르고 조금 있으면 구름이 흩어지는 소리가 났다. 날아가는 비행기도 날개를 움칫 움직여 하늘을 열어주는 듯했다. 관악산도 품을 열었다. 울새와 쏙독새, 물까치 떼가 칡넝쿨이 우거진 숲을 날아오르며, "치찌찌!" "쏙쏙쏙!" "쿠이, 꾸이!" 하며 대답을 보내왔다. 깐난이를 만나면 얼른 주인아저씨가 기다리는 집으로 돌아가라고 전하겠다는 언약이라도 하듯이.

그런데 이상한 일이었다. 이름을 부르면 부를수록 간절해지는 것이었다. 허튼 상념이 칡넝쿨처럼 얽혀 있던 머릿속이 환해지면서 내 속에서도 "깐난아! 깐난아!" 하는 이름이 들려왔다. 산 너머에 살고 있다는 주인에게도 닿을 수 있으려나. 오늘 아침에는 더 큰 소리로 새를 불렀다.

"깐난아!"

● 『수필미학』 2019. 여름호

"우린 날 때부터 어섰주."

제주 올레 3코스, 남원 바닷길을 지날 때였다.

맞은편에서 중년 여인이 손수레를 끌고 오고 있었다. 노을에 반사된 얼굴에서 금빛이 났다. 한 발치쯤 다가왔을 때 그녀가 불쑥 귤을 내밀었다. 손에 쥐여주는 것만으로 모자랐던지 등 뒤로 가서는 내 배낭을 열어 꾹꾹 눌러 담기까지 했다. 갑자기 일어난 일이라 뜨악했지만, 거절도 못 하고 엉거주춤하게 있었다. 처음 만난 사람에게 먹을 것을 챙겨주는 모습이 오래전부터 알고 지낸 사람 같았다.

귤밭에서 오는 길이라고 했다. 그녀는 목이나 축이고 걸으라며 이번엔 귤을 까서 내밀었다. 그냥 받기에는 많았다. 값을 치르겠다고 했더니 자신도 얻었다며 "그냥 먹읍써." 한다. 갈 길이 멀었지만 나도 배낭에서 커피를 꺼내어 건넸다.

서울에서 왔다고 했더니 가본 적이 없단다. 제주에서 태어나 딱 두 번 섬을 떠나 보았다고 했다. 엄마 등에 업혀 귤밭에 다니기 시작했고, 걸음마를 배우면서부터 귤 따기를 배워 평생을 귤밭에서 살았단다. 고기잡이배를 타는 남편은 바다에 살다가 집에는 두 달에 한 번꼴로 온다고 했다. 자신은 아침 일곱 시부터 저녁 다섯 시까지 일하고 육만 원을 번다며 오십 넘은 나이에 그만한 벌이가 어디 있겠냐며 사람 좋은 낯빛으로 웃었다.

그녀에게 반듯한 귤밭이 있는 것은 당연한 일이리라. 지나가는 말로 물었다.

"귤밭이 있나요?"

그런데 뜻밖에도 "어서 마씸!" 한다. 그 말에 나는 난데없는 질문을 던지고 말았다.

"왜 없어요?"

씩씩한 그녀도 당황했던지 머뭇거렸다.

"아, 우린 날 때부터 어섰주."

죽비에 맞은 듯했다. '유마의 침묵'이라 했던가. 짧게 말했을 뿐인데 많은 말이 귓전을 울렸다. 그녀는 설명이 부족하다고 여겼던 것 같다. 바다와 귤밭에서 번 돈으로 삼 남매를 길러냈고, 지금도 부부가 몸 하나로 벌어먹고 살 수 있으니 더없이 고맙단다. 그런데 그녀의 말은 들을수록 궁금증이 더해졌다.

"바다에서고 땅에서고 평생 남의 일만 해주고 살면 속상하지 않나요?"

황당했던 모양이다. 갯바람에 쿨럭쿨럭하면서도 조목조목 덧붙였다.

"나(내) 밭이 이시문(있으면) 좋주마심(좋겠지요). 경해도(그래도) 지금도 좋주(좋아요). 귤낭이(귤나무가) 주인 얼굴도 모르주(모르지요). 농약 쳐주멍(쳐주고) 비료주멍(비료주고) 열매 따주멍(따주며) 버치게(힘들게) 보살피난(보살펴주니까), 나(내)가 어멍이주(엄마이지요). 황금향, 레드향, 천혜향, 카라향, 새또미……. 다 나(내) 아덜이고(아들이고) 똘이라 마씸(딸입니다). 노지 귤* 끝나민(끝나면) 가온 귤** 키우멍(키우면서) 하우스에서 귤낭(귤나무) 조끄띠(곁에) 살암주(살지요)."

갯쑥부쟁이며 갯채송화, 무장다리 꽃이 세찬 바닷바람에 목을 가누며 피어나고 있었다. 하필이면 왜 이 자리냐고 탓하지 않고 담담히 꽃대를 밀어 올리는 모습이 고단한 삶의 자리에 바투 붙어 있으면서도 웃음꽃을 피워내는 그녀 같았다.

기침을 할 때마다 장독 깨지는 소리가 났다. 그녀는 옴니암니 말을 이어갔다. 싸락눈이 세차게 뿌리기 시작했을 때에야 갈 길이 생각난 듯했다. 큰 눈이 내리면 귤낭이 더 큰 냉해를 입을까 걱정이라며 당장 귤밭으로 가보아야겠다고 하면서도 귤 몇 개를 더 주었다. 나는 귤을 받아 든 손이 시린 것도 잊은 채 그녀가 걸어 들어간 올레길 입구에서 한참을 서 있었다.

그녀야말로 참 부자였다. 평생을 귤밭에서 일하고도 귤나무 한 그루 갖지 못했지만 귤낭을 돌보는 자신이 어멍이라고 믿고 살아가니, 중생이라면 피할 수 없다는 구부득고(求不得苦)의 번뇌에서 해탈한 자유인이었다.

---

* 비바람을 맞으며 자란 귤

** 온도를 높여 수확한 귤

그해 일월은 유난히 추웠다. 백 년 만에 찾아온 추위라고들 했지만, 많은 것을 가지고도 탐하느라 더 가난했고 더 추웠던 것 같다. 의지했던 것들에서 자유로워지기 위해 걸었던 제주 올레길이었다. 그 소박한 길에서 얻은 빛나는 경구(警句)를 떠올리면 따뜻해지고 부요해진다.

"우린 날 때부터 어섰주."

● 『수필미학』 2019. 겨울호

그의 누이가 되어

제주 올레길을 걷다가 낯선 얼굴을 만났다. 어둠이 내리고 있었지만 큰 눈과 가무잡잡한 피부로 보아 먼 곳에서 온 사람이라는 것을 알 수 있었다.

베트남 하노이 근처 하이퐁의 작은 시골 마을이 고향이라고 했다. 광어 양식장에서 일한다는 그는 스물다섯 청년이었다. 몇 년 전에 베트남을 여행한 경험 때문이었던지 친밀하게 느껴졌다. 말이 잘 통하지 않았지만 나는 몇 개의 단어로 이런저런 것들을 물었고, 그가 나에 대해 궁금해할지도 모를 이야기들을 해주었다.

나트랑의 아침 시장에서 먹었던 쌀국수 '퍼'와 쌈 '고이 꾸온'이 생각났다. '아오자이'를 입은 여인들이 무척 아름다워서 한 벌 사 왔으며, 수백 대의 오토바이들이 도심 도로를 질주하는 모습이 초원을 가로지르는 누 떼 같아 보이더라고 했다.

그가 안주머니에서 사진 한 장을 꺼내 보였다. 검은 머리를 길게 묶어 내린 깡마른 처녀가 오토바이를 타고 환하게 웃고 있었다. 누이동생이란다. 유일한 혈육인 그녀의 학비를 벌기 위해 한국으로 왔으나, 얼마 전에 그 누이가 오토바이 사고로 죽었다는 것을 알게 되었다.

갑작스러운 말에 멍해졌다. 세상의 말이 다 사라진 듯했다. 말없이 한참을 걸었다. 외로움도 쌓이면 소리가 되는가. 걸음을 옮길 때마다 그가 들고 있던 검정 비닐봉지에서 유리병 부딪는 소리가 났다. 새우깡과 한라소주 세 병이 들어 있었다. 나는 남동생에게 하듯이 양손의 검지로 X자를 만들어 그의 얼굴 아래로 밀어 넣어주었다. 술을 너무 많이 마시지 말라는 뜻이었다. 부끄러웠을까. 그는 길가 쪽으로 고개를 돌리고는 빠른 속도로 걷기 시작했다. 나는 잔소리를 피해 달아나는 남동생에게 하듯 그를 바짝 따라붙었다.

"밥은 잘 챙겨 먹니, 월급은 얼마나 받아, 사장이 잘 대해주니?"

아, 이런 말도 했던 것 같다. 열심히 한국말을 배우라고. 그래야 정당한 대우를 받을 수 있고, 빨리 고향으로 돌아갈 수 있다며 오지랖 넓은 참견을 늘어놓았다.

저만치에 골목이 보였다. 그가 내달리기 시작했다. 나는 물끄러미 바라볼 뿐이었다. 돌담을 돌아 들어가기 전에 달음박질을 멈추더니 나를 향해 씩 웃어 보였다. 그제야 얼굴을 정면으로 보았다. 하얀 앞니가 현무암 돌담 위에서 사금파리처럼 삐죽빼죽 돋아 있었다. 그는 내가 했던 것처럼 X자를 만들어 보여주었다. 앞으로는 술을 많이 마시지 않겠다는 약속 같았다. 나도 새끼손가락을 들어 보였다. 두 손을 흔들고 돌담 아래로 사라지는 그의 눈에 베트남 남부의 어느 농촌 마을에서 만났던 눈빛들이 출렁거렸다. 삼모작의 논을 쟁기질하느라 지쳐 강마른 소와 곁에서 쇠고삐를 잡고 걸어가던 농부의 퀭한 눈빛이었다. 물과 진흙으로 질척이는 무논의 삶을 걷도록 운명 지어진.

달은 검은 삼나무 숲 위로 높이 솟아 있었다. 그가 들어간 골목으로 나도 발걸음을 옮겼다. 나지막이 노랫소리가 들려왔다. 어릴 적 동네 수길이 아재 생각이 났다. 베트남 전쟁에 참전했다가 상이군인이 되어 돌아온 아재는 평소에는 더없이 얌전하다가도 술만 먹으면 패악질을 부렸다. 그 집 담장 안이 고요한 날 밤이면 밤길에 처량하게 들려오던 노래였다.

골목 안쪽 움푹 들어앉은 자리에 새*를 엮어 얹은 초가 한 채가 보였다. 달빛이 내리는 마당 가운데에 그와 하얀 개 한 마리, 소주병이 '밤의 정물'처럼 앉아 있었다.

문득 그의 누이가 되고 싶었다. 그림으로 들어가 나도 정물이 될 수 있다면……. 그의 누이가 될 수 없어 쓸쓸해진 나는 밤길을 걸으며 속으로 물었다.

'당신네 고향 마을에도 춘삼월의 달빛이 이리도 시린가요?'

● 『수필과 비평』 2016.10

---

* 짚을 구할 수 없는 제주에서 지붕을 얹을 때 짚 대신 쓰는 풀

테왁,* 숨꽃

다가갈수록 바다는 사납게 으르렁거렸다. 외지인의 접근을 경계하는 파도의 울부짖음일까. 바닷새의 울음까지 겹쳐 2월의 고내 포구는 난장이었다. 그 속을 뚫고 끊길 듯 가느다랗게 들려오는 소리가 있었다. 절절함이 걱정을 한숨으로 내뿜는 호요바람 소리는 아니었다.

제주 올레길을 걷던 중이었다. 방파제 끝에 섰다. 할아버지 한 분이 등대를 등받이 삼아 소주잔을 기울이고 있었다. 아내를 기다린다며 바다를 가리키는 손끝이 떨렸다. 두 시 방향에 테왁 하나가 떠 있었다. 너울을 타는 모습이 이랑에 피어난 한 송이 흰 꽃이었다.

바닷물이 출렁이더니 해녀가 올라왔다. 그녀의 가슴 아래로 테왁

---

* 해녀가 물질할 때, 가슴에 받쳐 몸이 뜨게 하는 공 모양의 기구

이 사라지고 숨비소리가 났다. 할아버지는 살짝 손을 들었던가. 두 시간이 지났다는 말에 늘 아내를 기다리느냐고 물었다. 할아버지는 머뭇거리더니 깔고 앉았던 고무 방석을 내밀었다. 할아버지의 마른 입술 사이로 살아온 내력이 드문드문 내비쳤다. 그리고 한 시간이나 되었지 싶다. 긴 숨비소리 끝에 해녀 할머니가 바다에서 걸어 나왔다.

"양, 하영 해젼?"

망태기를 받아들며 많이 잡았냐고 묻는 말에 할머니는 표정이 없다. 할아버지는 그런 아내를 '바당에 속을 묻어버린 사람'이라고 했다.

바다를 빠져나온 할머니의 몸이 사시나무 떨 듯했다. 여린 햇살이 달려와 젖은 몸을 어루만졌다. 굽은 허리가 펴지는가 싶더니 테왁 끝에 매달린 망사리 속 어물들이 진저리를 쳤다. 돌문어는 제 속으로 여덟 개의 다리를 동그랗게 말아 넣었고, 대합조개는 입을 앙다무느라 껍데기를 딱딱 부딪는 소리를 냈다. 게들은 운명을 연대하듯 집게다리를 물고 스크럼을 짰다. 전복과 소라가 망사리 사이로 살을 삐죽 내놓았다. 삶의 자리를 떠나온 것들의 슬픔과 안간힘이 느껴졌다.

'해녀의 집'으로 향하는 할머니를 따라 걸으며 나는 기회를 보고 있었다. 할머니가 잡은 해물로 맛있는 저녁을 지어 먹고 싶었다. 나는 조금 싼값으로 살 수 있고, 할머니는 '해녀의 집'에 넘기는 것보다 좋은 가격을 받을 수 있을 것 같아 흥정을 붙이려던 참이었다. 그런데 '할머니!' 하고 부르려던 순간에 생각을 고쳐먹었다. 할머니의 앙상한 발목뼈를 타고 흘러내리는 물줄기 때문이었다.

골수(骨髓)를 다한 힘이 골수(骨水)가 되어 아스팔트 위에 똑똑 찍히고 있었다. 할머니는 모든 것을 바다에 두고 온 터라 길 위에서는 단지 몇 방울의 물방울로만 남을 것이었다. 나는 그 자리에 우뚝 서고 말았다. 야속한 햇볕이 지우개가 되어 할머니를 지우며 따라가고 있었기 때문이다. 시난고난의 생애는 한나절 햇살의 시간보다 짧게 기억될까, 두려웠다. 그러나 삶이 어찌 그리 쉽게 지워질까. 사라지는 것처럼 보일 뿐, 굵은 힘줄로 이룬 생애는 바닷속에서나 땅 위에서 봉인된 흔적으로 남을 테다.

열세 살 때 어머니가 안겨준 테왁을 안고 물질을 시작한 그날부터 하루하루를 땅의 끝에서 맞섰다. 그리하여 이어졌다가 끊어지고, 끊어졌다가 이어지는 길의 속성이 되었을 터. 구불구불한 바닷길은 한 번도 쭉 뻗어본 적 없는 할머니의 시간일지도 모른다.

할머니의 닳은 슬리퍼 뒤축에 시선이 머물렀다. 220밀리, 9문쯤 되려나? 그 작은 발이 디디고 설 자리를 위해 할머니는 내딛자마자 바스러져 내리는 세상의 끝자리를 수없이 딛고 일어섰을 것이다. 숨을 끊고서야 오를 수 있었던 뭍의 자리는 송곳 끝만큼이나 됐을까. 수천, 수만 킬로미터를 날고서야 겨우 앉을 수 있도록 허락된 겨울나무 끝 가지의 철새처럼, 수많은 강물을 흘려보내고 난 뒤에야 발끝 한 자락 올려놓을 수 있었던 한 조각 얼음 위의 물새처럼.

망사리 속 해물들은 할머니의 목숨값이었다. 숨길을 막은 채 잡아 올린 것을 어떻게 돈으로 매길 수 있을까. 조금 전까지 할머니의 해산물을 싸게 사 먹으려고 했던 일이 부끄러웠다.

그런데 구멍 숭숭한 망사리였을까. 망사리 속 해물처럼 자식들은 그 속에서 오래 버텨주지를 못했다. 육지에서 살아가기를 원했지만, 바다의 인자(因子)가 새겨졌던 걸까. 때가 되면 돌아오는 '조금 물때'처럼, 뭍으로 나갔다가는 이내 바다로 돌아오는 생활을 반복했다. 할머니는 바닷속으로 더 깊이 자맥질해 들어갔다. 어느 해, 재산을 털어 마련해준 갈치잡이 배는 몇 해 못 가 아들 내외와 함께 겨울 바다에 가라앉고 말았다. 그날 이후 어린 손주들은 가슴팍에서 내려놓지 못한 테왁이 되었다.

할머니의 굽은 등에 진 테왁이 바닷가 벼랑에 뜬 달처럼 보인다. 평생을 물질로 살아온 할머니 해녀의 등보다 더 가파른 벼랑이 있을까. 뭍과 바다를 번갈아 디디는 순간조차도 집과 망사리 어느 한쪽도 내려놓지 못한 등이었다. 무거운 짐을 진 채 뜨거운 사막의 한가운데를 물 한 방울 없이 건너야 하는 낙타의 운명에 비할까. 산 것들이 머무는 집의 무게가 오죽이나 무거운가.

고내에서는 밤이면 테왁이 절벽을 딛고 오른다고 했다. 땅끝 한 자리를 차지하기 위해 테왁에 생애를 넣어 지고서 빗창만을 든 채 하루에도 수십 번씩 열 길, 스무 길 물속으로 몸을 던지는 고내바다 해녀처럼, 테왁은 달이 되기 위해 매일 밤 직선으로 투신을 감행한다. 숨비소리를 가득 안은 그 힘으로 벼랑을 오르내리다 보면 기어이 어둠을 비추는 달이 되리라.

어느새 어스름이 깔리고 사방에서 바닷물이 차오르는 소리가 들렸다. 너덜겅을 지날 때였다. 눈 깜짝할 새에 할머니는 가뭇없이 사라지고 둥근 달이 낭떠러지를 타고 올랐다. 그 벼랑 끝에서 할머니의 테왁 속 시간이 환한 숨꽃으로 피어나고 있었다.

• 『제5회 등대문학상 작품집』 2017

새

늦은 밤, 버스에서 내려 신림동 산업 정보학교 앞을 지날 때였다. 가로등이 없는 길은 인적이 끊기고 장맛비까지 내려서 무서웠다. 십여 미터 앞 길바닥에서 작은 불덩이 하나가 굴렀다 사라졌다, 하고 있었다. 도깨비불인가, 머리카락이 쭈뼛거렸다. 정신을 차리고 보니 지나는 차량 불빛이 비에 젖은 쇠붙이 판에 반사된 것이었다. 땅바닥에 역삼각형 구리판이 박혀 있었다.

한국원 피격 장소

1991.9.17.

시위 현장을 지나던 서울대 대학원생, 파출소장이 쏜 권총에 맞아 사망

'탕!'

푸른 하늘을 날던 새 한 마리가 포수의 총에 맞고 떨어져 내리는

장면이 스쳤다. 선 채로 인터넷을 검색했다. 박사과정에 있던 스물일곱 살의 공학도였다. 남쪽 소도시 출신인 그는 생활비를 마련하기 위해 아르바이트 자리를 알아보고 아내와 함께 집으로 돌아가던 중이었다. 차에서 내려 길을 찾다가 시위대를 해산시키던 경찰이 쏜 총에 맞아 그 자리에서 숨졌다고 되어 있었다. 십 년 가까이 다닌 길에 그런 사연이 있었다니. 두 발이 땅바닥에 붙는 듯했다.

새벽 미사에서 들었던 이야기 하나가 떠올랐다. 신부님이 신학생 시절에 겪은 일이었다. 학기말 시험 날이었다. 이른 아침에 도서관으로 가다가 길섶에 쓰러져 있는 아기 새 한 마리를 보았단다. 큰 새의 공격을 당한 듯, 피를 흘리는 모습이 금방이라도 숨이 끊어질 것 같았다. 동급생에게 물어보니 지렁이를 잡아 먹이면 좋다기에 그렇게 해볼까도 했지만, 새를 살리기 위해 다른 생명을 죽여서는 안 될 것 같아 품에 안고 다니면서 시험 공부를 했다.

늦은 오후, 마지막 시험 직전이었다. 꼼짝 않던 새가 파닥거리는 것이 느껴졌다. 날 수 있으려나 싶어 새를 안고 밖으로 나갔다. 조심스레 웃옷의 지퍼를 열었다. 새는 잠시 비틀거리더니 어설픈 날갯짓으로 날아올랐다. 건너편에서 키 작은 자귀나무 한 그루가 분홍 꽃잎을 열고 있었다. 조마조마했다. 제발 그 꽃가지까지만이라도 날아가기를……. 그때였다. 어디서 나타났는지 큰 새 한 마리가 날아와 새끼 새를 낚아채 가버렸다.

신부님의 충격은 컸다. 한참 동안 슬픔이 가시지 않았다. 지도교수 신부님께 도움을 청했더니 자연의 섭리에 맡기라고 하더란다. 그 말은 별 위로가 되지 못했던 듯, 그 아침까지도 목소리가 떨렸다. 내게도 충격이었다. 복음의 이해를 돕기 위해 든 예화였는데, 강론의 주제는 생각나지 않고 아기 새의 기억만 남았다.

새를 떠나보낸 나뭇가지가 저 혼자서 오래도록 흔들리는 것을 본 적이 있다. 기억의 무게 때문이리라. 한나절 품었던 새 한 마리가 남긴 날갯짓도 그리 애잔하고 아플진대, 스물일곱 해를 가슴에서 내려놓은 적 없었을 자식을 하루아침에 날려 보낸 슬픔은 무엇으로 달랠 수 있을지. 애간장인들 남았을까. 어머니의 숲은 자식이 치는 날갯짓으로 이어간다는데 말이다.

곗속을 알고부터는 근처를 지날 때면 조심스러웠다. 떠나가는 버스를 잡으려고 내달리곤 하던 달음박질도 멈추게 되었다. 주변을 지나는 차들이 경적을 울리거나 급하게 브레이크를 밟으면 공연히 애가 탔다. 너무 일찍 잠든 그가 선잠에서 깰까 싶었다. 가족이 있는 집에 들지 못한 채 한뎃잠을 자고 있을 한 젊음을 떠올리면, 사고를 당하기 일 년 전에 결혼했다는 아내와 속이 까맣게 타버렸을 노모의 얼굴이 그려지면서 마음 자락이 여며졌다.

동판을 밟을까도 두려웠다. 표지석으로 만들어 길 한쪽에 세워 두었더라면 쉽게 알아볼 수 있고, 훼손도 적을 텐데 하필 땅바닥에 박아놓았는지 모를 일이었다. 담당 관청에 전화라도 하고 싶었다. 그런데 언젠가부터 생각이 바뀌었다. 그 구리판은 에돌아갈 자리가 아니라, 온 가슴으로 골골샅샅 뚜벅뚜벅 밟고 가야 할 길 같았다. 모든 길은 산 것들의 걸음으로 이어져 있는 이상, 그의 마지막 걸음이었던 죽음도 산 자들이 이어 걸어갈 길의 시작점이자 한 부분이라는 생각이 들어서다.

비 오는 날, 날아가는 새들을 보면 두 마리 새가 떠오른다. 신학생의 품에 머물렀다 간 아기 새인 듯도 하고, 한 발의 총성과 함께 영원 속으로 날아가버린 푸르디푸른 영혼인 것 같기도 하여 오래도록 바라본다. 새가 나는 저 하늘길에도, 내가 무심코 걷는 이 땅의 길에도 그토록 많은 날갯짓이 있었다니…….

● 『리더스에세이』 2019. 여름호

하늘말나리

— 길원옥 할머니께

길원옥 할머니, 처음으로 불러봅니다.

3년 전이었던가요, 8월 14일이었습니다. 일본대사관 앞을 지나는데 귀에 익은 노랫소리가 들려왔습니다.

"한 많은 대동강아 변함없이 자알 있느냐?"

평양이 고향인 저의 시아버지께서 자주 흥얼거리던 노래이기도 합니다. 어찌나 구슬프던지요. "변함없이 자알~" 할 때는 저의 목젖도 떨리고 말았습니다. 비까지 내리고 있었죠. 저녁 뉴스를 보고서야 그날이 일본군 위안부 기림일이었고, 노래를 부른 분이 길원옥 할머니라는 것을 알았습니다.

집 근처 도서관에서 『25년간의 수요일』이라는 책을 찾아 읽었습니다. 열세 살 때 고향 평양에서 만주로 끌려가 위안부 피해자가 되셨다지요. 열일곱에 해방을 맞았지만 길이 막혀서 돌아갈 수 없었고요. 아들을 입양해 옥수수, 번데기 장수를 하면서 키우셨고요. 미국과 유럽에서 악몽의 세월을 증언하며 일본 정부에 사죄를 요구하는 모습도 보았습니다.

관악산 기슭에 피어나던 하늘말나리꽃이 떠오릅니다. 주근깨투성이를 하고도 하늘을 향해 얼굴을 빳빳이 든 모습이, 지난날의 상처를 당당하게 내보이는 할머니와 닮았다고 생각했습니다. 용기를 내기까지 가슴에 적었다가 지워버리기 몇 번이었을까요?

책에서 여러 분의 할머니를 만났습니다. 강덕경, 이용수, 김순옥, 이옥선, 박옥선……. '위안부 피해자'라고 불리는 이름들이지요. 그래도 이분들은 이름을 찾았습니다. 이름을 잃고 살아가는 할머니들이 얼마나 많은지요? 가족을 잃어버린 분들은요? 이국에서 일본군의 성노예로 살다가 조국으로 돌아왔지만 과거가 부끄러워, 가족에게 해가 될까 봐 고향에 가지 못하고 숨어 사는 분들 말이에요.

지난겨울에 울산에서 만났던 두 분 할머니가 생각나네요. 간절곶에서 간월재로 가는 어느 시외버스 정류장 옆에서였어요. 난전에서 곡식을 팔고 계시더군요. 차가 오려면 제법 기다려야 했어요. 할머니들에게서 찐쌀을 사서 정류장 간이 부스로 갔습니다. 의자에 앉아 찐쌀을 씹으며 장사하는 모습을 구경했습니다. 참 평화로워 보였습니다. 자매 사이냐고 물었더니 아니라고 합니다. 친구냐고 했더니 그도 아니라 합니다. 그럼, 동업자냐고 했더니 "우리는 여자 부부야." 하며 웃으시는 겁니다. 그러고 보니 고운 몸짓과 도란도란한 말투가 두 손 꼭 잡고 세월을 잘 건너온 부부 같았습니다. 버스는 한참을 연착했습니다. 이것저것 여쭈었지요. 의령과 거창이 고향이며 두

분 다 아흔이 가까웠다는 것, 남자가 무서워 결혼하지 않았다는 것, 아무도 찾아오지 못하게 신불산 아래에 집 한 칸 마련해놓고 함께 산 지 오십 년이라는 정도였지요.

지금 왜 그분들이 생각나는 걸까요? 위안부 피해자는 10만에서 20만 정도로 추정된다고 하더군요. 신고한 할머니들은 겨우 238명이라고 들었습니다. 나머지 분들은 어디에 계실까요? 지하철 역사 안에서 더덕을 까는 할머니, 혼자 사는 윗집 할머니, 종일토록 말 한마디 없이 공원 의자에 앉아 계시는 할머니일 수도 있겠군요. 아, 소녀 시절 제 단짝 친구의 어머니일 수도요.

얼마 전에 영화〈김복동〉을 보았습니다. 영화 속에서 길 할머니는 병상에 누워 계셨습니다. 의식이 없으신 듯했습니다. 계속 되뇌시더군요. "집에 가고 싶어! 집에 가고 싶어!" 왜 안 그러시겠어요. 열세 살에 떠나왔으니 사무치도록 그리울 테지요. 고향의 어머니, 동무들, 앞산의 진달래, 뒷산의 산토끼, 여우…….

정부는 단돈 10억 엔에 '일본군 위안부' 문제를 다시는 거론 않겠다고 약속까지 해버렸습니다. 공식적인 사죄 한 번 받지 못했는데 말이지요. 너무 아파 노래를 하셨다지요. 그리고 슬픔으로 다른 슬픔을 보듬었습니다. 베트남의 전쟁 피해 여성들을 만나 용서를 구하고 위로했습니다. 슬픔에도 힘이 있다는 것을 배웠습니다.

오늘은 하늘말나리가 꽃을 더 높이 피워 올렸네요. 축축이 젖은 땅이 할머니가 평생토록 흘린 눈물자리인 것만 같아 하릴없는 저는 볕 한 줌을 떠서 다독일 뿐입니다. 영화의 마지막 장면에 흘러나오던 노래가 들려옵니다. 할머니, 어서 일어나 큰소리로 할머니의 노래를 불러주셔요. "빈 들에 마른 풀 같다 해도/꽃으로 다시 피어날 거예요//누군가 꽃이 진다고 말해도/난 다시 씨앗이 될 테니까요"*

● 『한국산문』 2019.10

---

* 윤미래 노래, 〈꽃〉에서

숨은 꽃

비가 내리는 날이었다.

버스 정류장 옆에서 할머니 한 분이 우산을 받쳐 든 채 꽃을 팔고 있었다. 밤 열 시를 넘어가는데도 빨간 고무 들통에 소국과 애기장미가 수북한 것으로 보아 그날 중으로는 다 팔지 못할 것 같았다. '한 단에 삼천 원'이라고 쓴 글씨 위에 X자를 치고 '천 원'이라고 고쳐 써 붙였지만, 눈길을 주는 행인은 없었다.

찬바람마저 쌩쌩 불었다. 할머니는 잔뜩 웅크린 채로 머리를 양 무릎 사이에 파묻고 있었다. 국화 한 다발이라도 사드리고 싶었지만, 양손에 든 우산과 가방 때문에 망설였다. 그때였다. 버스 한 대가 오더니 바로 내 앞에 섰다. 홀가분했다. 이건 내 탓이 아니다, 버스 때문이다, 하면서 버스에 올랐다. 그런데 오르자마자 꽃 파는 할머니에게로 고개가 돌려지면서 한 얼굴이 떠올랐다.

벌써 십여 년이 지났다. 그 무렵 나는 성당의 한 후원단체에서 봉사자로 있었다. 스스로도 믿기 어렵지만, 회원만도 천여 명에 이르는 업무를 혼자서 감당하느라 일에 파묻혀 지냈다.

어느 날 한 중년 부인이 찾아왔다. 후원회 사정을 듣더니 봉사자가 한 명뿐인 것을 놀라워하며 돕고 싶다고 했다. 그 후 일주일에 한 번씩 나와 우편물 발송 작업을 도맡아 해주었다. 그런 어느 날이었다. 평소 같으면 점심 시간이면 오는데 우체국 마감 시간이 다 되도록 기별이 없었다. 부랴부랴 급한 우편물을 처리하고 오니 그녀가 물에 빠진 생쥐 모습을 하고 나타났다. 가슴엔 꽃다발을 한아름 안고 있었다.

노점 상인에게 우산을 받쳐주다가 늦었다는 거였다. 집을 나와 지하철을 타러 가던 길에 비를 맞으며 꽃을 파는 할머니를 보았단다. 잠시면 될 줄 알았는데 비가 그치지 않고 꽃도 팔리지 않아 할머니에게 우산을 주고 왔다고 했다. 오는 길에 사려고 했지만 우산 장수가 없어 빗속을 뛰었다며 웃었다. 팔리지 않아 남은 꽃을 다 사 온 듯했다. 블라우스에 젖은 꽃잎이 어지럽게 붙어 있었다.

그 후에도 비 오는 날이면 자주 늦었다. 꽃뿐 아니었다. 노점상에게서 채소와 과일 등속을 사 와서 나눠주었다. 나물을 사 오는 날이면 난감했다. 양도 많았거니와 노점 할머니들이 파는 나물 대부분은 밭에서 '쑥' 뽑아온 것이어서 다듬느라 애를 먹었다. 그녀가 내 속을 모를 리 없었다. 그때마다 미안해하며 받아주는 것을 고마워했다.

그녀는 남을 돕기 위해 사는 사람 같았다. 도움이 필요한 곳이면 어디든 달려갔다. 그런 이유 때문이었지 싶다. 남편은 고위직 공무원이었고 자녀들도 번듯한 직장인이라 편안한 노후를 보낼 수 있었지만, 부업을 가지고 있었다. 자신이 돌보는 사람들을 도우려는 방편인 듯했다.

가톨릭교회의 성인(聖人) 중에 소화(小花) 테레사라는 성녀가 있다. 성녀는 열한 살 때 기도하기를 하느님께서도 알아보지 못할 정도로 자신의 존재가 작아지게 해달라고 기도했다고 한다. 그녀도 그렇게 기도했을 것 같다. 그녀는 어디서나 '숨은 꽃'처럼 피어 있었다. 큰 소리를 내어 웃거나 말하는 적 없이 고요했다. 보이지 않더라도 향내가 나면 어디엔가 그녀가 있을 것이라는 짐작을 하게 하는 사람이었다.

내가 봉사를 그만두면서 그녀도 그곳을 떠났다. 이후 서너 번을 더 만났지 싶다. 여전히 남을 돕는 일로 바쁜 시간을 보내고 있었다. 지금은 어디에서 '숨은 꽃'으로 피어 있을지……. 비 내리는 날이면 젖은 꽃다발을 안고 환하게 웃으며 사무실로 들어오던 그녀가 떠오른다.

• 『에세이포레』 2018. 봄호

종이컵 그리기

봉사하는 병원에서 그림 그리기를 배운다. 수강생은 병원 근처 쪽방촌 주민 다섯 명과 나까지 여섯 명이다.

어느 날, 40대 중반으로 보이는 남성이 찾아왔다. 환자 대부분이 노숙자들인 병원에서 말쑥하고 지적인 분위기가 돋보였다. 우울증을 앓고 있었다. 의료진은 미술 교실을 열기로 했다. 가르칠 기회를 주어서 자존감을 되찾도록 돕기 위해서였다. 수강생도 병원 환자로 제한했다. 독신으로 사는 사람들에게 자신을 표현할 좋은 시간이 될 것 같았다. 그런데 신청자가 적었다. 하는 수 없이 그림에는 젬병인 나도 합류하게 되었다.

첫 시간은 종이컵 데생이었다. 각자의 책상에는 스케치북과 미술 연필, 독특한 모양으로 잘린 지우개 하나씩이 놓여 있었다. 연필 쥐기와 지우개 사용법 등을 익힌 후에 그리기에 들어갔다.

“크기와 모양을 똑같게 그려보세요. 빛과 어둠도 다 넣어야 합니다."

학교 다닐 때 미술 시간이라면 도망칠 궁리만 했던 내가 그림 그리기를 봉사로 하게 될 줄이야. 다른 사람들을 커닝하며 열심히 그리고 보니 비슷한 것 같기도 했다. 그런데 강사는 나를 일어서게 하더니 내 자리에 앉아 내가 그린 종이컵을 지우기 시작했다.

"그림을 잘 그리려면 빛의 방향을 알아야 해요."

진척이 없었다. 석 달이 다 되도록 나는 종이컵과 씨름만 하고 있었다. 빛이 오는 길이 당최 보이지 않았다. 일행은 종이컵을 끝내고 빈 페트병을 거쳐 모과를 그리며 무색의 빛을 하얀 도화지에 잘도 옮겼다. 이쯤 되니 창피한 생각이 들면서 애초에 수업을 거절하지 못한 것이 후회되었다.

"빛이 어디에서 오는지 알려면 그리려고 하는 대상을 오랫동안 관찰해야 해요."

'오랫동안'이라는 말이 크게 들려왔다.

키아로스쿠로 화법(畵法)에 대해 듣게 되었다. 빛과 그림자만으로 형체를 입체감 있게 표현하는 방법이란다. 사물을 그리려면 빛의 크기와 움직임을 살펴 밝은 부분과 어두운 부분을 함께 봐야 한다는 이론이었다. 좋은 건축가는 집을 설계할 때 그림자의 크기까지 염두에 둔다던 말이 떠올랐다. 사람을 이해하는 일도 외형뿐 아니라 그림자까지 볼 수 있어야 한다는 이치겠다. 겉모습만으로 사람들을 얼마나 빨리 그려왔던지……. 낯이 화끈거렸다.

다음 시간이 기다려졌다. 비가 내린 날이었다. 오후 두 시, 시간에 맞춰 수강생들이 교실로 들어왔다. 드문 일이었다. 그곳에서는 모든 일을 예측하기 어렵다. 그러기에는 너무 많은 변수가 존재한다. 약속을 지킨다는 것, 그것은 안정된 삶이 보장된 사람들에게나 허락된 축복이라는 것을 그들을 만나면서 알게 되었다.

강사가 창문을 열어젖히더니 비 오는 거리를 담으라고 했다.

“눈에 보이는 대로가 아니라 마음에 들어오는 대로 그리세요.”

다 그리고 나니 제각기 다른 풍경이었다. 강사는 그림 나누기를 해보자고 했다. 그 말에 모두 눈을 감거나 눈길을 돌려버렸다. 어색한 침묵이 흘렀다. 강사는 밖으로 나갔다가 오더니 자기가 그린 그림을 들어 보이며 운을 뗐다.

비 내리는 날의 대학 캠퍼스가 그려져 있었다. 그는 명문대 출신의 미술 전공자였다. 캠퍼스 커플로 만난 아내와의 결혼 생활은 이년 만에 파경을 맞았다. 우울증 때문이었다. 병세는 악화하였고, 직장에서 퇴사를 강요받았다. 다시 일하기는 쉽지 않았다. 그러다 보니 그곳까지 오게 됐다는 말이 술술 흘러나왔다. 다른 참가자는 비 내리는 강둑을 그렸다. 어린 날, 집을 나간 어머니가 돌아오기를 기다리며 집 근처 강둑에서 울었던 일이 떠오른다고 했다. 비가 내리는 장터를 그린 사람도 있었다. 의처증에 걸린 전남편이 사흘이 멀다고 자신이 장사하던 데까지 찾아와 행패를 부리는 바람에 도망쳐 왔다고 회상했다. 자식을 두고도 그랬다고 말할 때는 목이 메었다.

그림 속에는 그들 인생의 비 내리던 날이 담겨 있었다. 그들이 탄 거룻배가 어떻게 해서 물줄기 하나 없는 곳으로 흘러 들어왔는지, 세상 속으로 나가지 못하고 밑바닥을 맴돌기만 하는지 알 수 있을 것 같았다. 내 차례가 되었다. 한 소녀가 비 내리는 길을 우산을 쓰고 걸어가고 있었다. 어릴 때부터 가족과 떨어져 살아, 비 오는 날이면 엄마가 데리러 오는 친구들을 부러워하며 우산 속에 숨어 울며 걷던 일을 털어놓았다. 어느새 모두는 눈을 맞추고 있었다.

밤이면 싸움 소리가 끊이지 않던 쪽방촌 골목에도 그날엔 이슥토록 웃음소리가 들렸다.

• 『한국수필』 2019.8

거리의 성자들

"툭!"

사내가 김 씨 앞에 신문지 뭉치를 내던졌다. 앉을 자리를 만드는 듯 발로 이리저리 모양을 잡더니 털썩 주저앉았다. 방금 역을 통과한 열차에서 내린 승객이 분명했다. 그 새 편의점을 들렀다 온 모양이었다. 비닐봉지에서 두부 한 팩을 꺼내더니 순식간에 먹어버렸다.

"한 개비만 태웁시다."

사내의 말에 김 씨는 눈짓으로 '흡연 금지'라고 적힌 안내판을 가리키면서도 조끼 안주머니에서 라이터를 꺼내주었다. 다른 손으로는 우선 커피나 한잔하라며 종이컵을 건넸다. 오래 햇빛을 보지 못한 듯, 남자의 하얀 낯빛은 냉기마저 풍겼다. 유달리 새까만 눈빛에는 총기인지 광기인지 모를 선득함이 서려 있었다. 점퍼와 바지에 접힌 선명한 주름으로 보아 새로 사 입은 옷이 분명했다.

자정을 넘어가고 있었다. 열차 시간표를 더듬어 보니 조금 전 열차는 동대구발이었다. 사내는 담배를 꺼내어 물더니 역사 밖으로 나갔다.

"청송 출소자예요."

한 마디를 뱉어놓고는 김 씨는 읽다 만 성경을 읽었다. 가슴이 두방망이질했다. 눈을 감고 묵주를 돌리는데 마음이 가라앉지 않았다. 부스럭거리는 소리에 눈을 떴다. 사내가 나를 빤히 쳐다보며 호주머니를 뒤지고 있는 게 아닌가. 칼이라도 꺼내어 겨눌 것 같은 몸짓이었다. 하마터면 소리를 지를 뻔했다. 손으로 입을 막고 애원하듯 남자를 바라보았다.

"커피값이오."

남자의 손에서 만 원짜리 한 장이 신문지 위로 떨어져 내렸다. 돈이 바닥에 닿기도 전에 그는 큰길 쪽으로 난 계단을 향해 뛰기 시작했다. 김 씨가 사내의 뒤통수에다 대고 소리쳤다.

"커피는 공짭니다. 잘 방도 있어요. 오랜만에 대포나 한 잔 합시다아."

구면인지도 모를 일이었다. 그가 어디에서 왔으며 어디로 가는지 알고 있는 것 같았다.

김 씨는 가끔 성경에서 눈을 들어 길 건너를 쳐다보았다. 후미진 골목의 나지막한 집들에서 불그스레한 네온등이 퍼져 나왔다. 그 빛으로 도시의 밤은 더 어두운 듯했다. 고요한 밤이었다. 노숙하던 사람들 몇이 간간이 몸을 뒤척이는 소리뿐, 다시 정적이 감돌았다.

뜻밖에도 사내가 다시 왔다. 놀란 나는 묵주를 더 빨리 돌리기 시작했다. 이번에는 김 씨 옆으로 바짝 당겨 앉더니 히죽거리기까지

했다.

"아저씨는 요즘도 잠 안 자고 이 짓 해요?"

"그나저나 이번엔 왜 또?"

사내는 손짓으로 커피를 한 잔 더 달라는 시늉을 했다.

"감방도 중독이 되나 봐요. 지난번에 나와서는 가구공장에 갔어요. 그런데 월급을 안 줘요. 몇 달이 지나도요. 식구들하고 먹고살아야 하는데. 달라고 했더니 밥 먹여준 것도 아깝다면서 욕질을 하잖아요. 홧김에 쥐고 있던 대패를 던져버렸어요. 겁만 주려고 했던 건데……. 둘 다 운이 없었죠. 몸으로 때웠죠. 그래도 참, 나를 하루에 십만 원이나 쳐주데요. 이 년 살았나?"

사내가 가방을 열어 보였다. 수첩 몇 권이 들어 있었다. 한 권을 꺼내더니 김 씨에게 읽어보란다. 라이터 불빛 속에 삐뚤빼뚤한 글씨들이 드러났다.

"빵에 있을 때 하도 심심해서 물구나무서기를 했어요. 처음엔 몇 초 겨우 버텼어요. 하다 보니 한쪽 팔만 짚고서도 하겠더라고요. 가만히 있으면 원망으로 피가 솟구치다가도 몸을 거꾸로 세우고 있으면 생각이 달라지는 거예요. 다 내가 못난 탓이지요. 나 같은 놈한테도 착한 마음이 있다니 참, 신기하데요. 그래서 글로 써봤어요."

김 씨가 냉큼 일어섰다. 물구나무서기로 쓴 글을 편안히 앉아서 읽으려니 도리가 아닌 것 같단다. 그 바람에 폭소가 터졌지만 금세 짠한 침묵이 돌았다.

꾹꾹 눌러 담은 듯, 한 자 한 자가 수첩에 찰랑찰랑하다. 거꾸로 곧추세워 올리기까지 고꾸라져 나뒹굴기 몇 번이었을까. 분노와 치기의 감정들도 뒤집히고 무너지기 헤아릴 수 없었을 터. 거르고 걸러 정제된 알곡들이 하얀 종이 위에서 참회의 집으로 세워졌을 것이다. 몸과 마음을 뒤집어서 쓴 글쓰기는 고해성사랄 수 있겠다. 백지 앞에 앉아 있는 것만으로도 구원받을 수 있다고 했으니.

김 씨는 말이 없다. 들어만 줄 뿐, 말이 필요 없다는 것을 안다. 한때 여의도 증권가를 쥐락펴락하기도 했던 그는 모든 것을 잃고 난 후 거리에 나앉았다. 돈을 잃으면 돈으로 맺은 관계들이 깨져버릴 줄 알았는데 더 질겨졌다. 투자자들을 피해 하루하루를 지하철에서 보냈다. 어느 해 겨울밤, 영등포역에 내렸다가 한 남성이 차 나눔을 하는 것을 보았다. 다가갔고, 그가 건네는 종이컵을 받아들었다. 속내 이야기를 하고 나면 세상이 알아주는 듯했다. 다시 일할 수 있었던 것도 그 남자 덕분이었다. 첫 월급을 타서 커피 한 통을 사 들고 갔던 날, 남자는 자신이 앉았던 자리를 김 씨에게 넘겨주었다.

벌써 십 년째다. 역사 시멘트 바닥에서 올라오는 냉기에 무릎병까지 왔지만 한 주도 거른 적 없다. 길거리 사람들을 위해 근처에 쪽방도 마련했다. 이제야 빚을 조금 갚은 느낌이란다.

동쪽 하늘이 밝아왔다. 노숙인들이 하나둘 종이집을 열고 나오는 소리가 났다. 김 씨가 다리를 끌며 자리에서 일어났다. 사내도 몸을 일으키더니 김 씨에게서 슬그머니 수레를 빼내어 밀기 시작했다. 김 씨는 앞서 걷고, 사내는 따라간다. 역사(驛舍) 건너 타임스퀘어 건물 위로 차오른 아침 햇살이 그들 사이를 파고들고 있었다.

• 『한국산문』 2019.1

동백꽃 피는 소리

겨울 꽃시장에 갔다. 동백 송이에 눈길이 머물렀다. 잎선이 보드라운 향동백이 도시의 귀부인이라면, 붉은 동백은 바닷바람에 손등이 터진 섬 아낙을 닮았다. 꽃집 주인은 향동백이 인기라고 했지만, 나는 저만치에 혼자 앉은 붉은 동백 분(盆)을 품에 안았다.

꽃송이 한 개를 틔웠을 뿐인데 온 집안이 동백 꽃빛으로 그득했다. 올망졸망한 꽃망울들도 머지않아 꽃을 터뜨릴 것이었다. 그런데 얼마 가지 않아 맺혔던 꽃이 지고 말았다. 절정의 순간에 제 몸을 통째로 비워버리는 결단이라니. 떨어져 누운 꽃송이가 오래도록 붉었다. 꽃이 져서도 또 한 번 바닥에서 핀다는 동백. 짭조름한 갯내음 속으로 꽃잎에 접힌 기억의 시간이 열리고 있었다.

봄이 오는 길목이면 고향 노산 바닷가엔 동백 꽃길이 열렸다. 벼랑 끝에 선 동백은 노란 꽃술을 푸른 물에 담그며 바다에도 꽃을 피웠다. 한 번 붉어진 꽃은 해풍 속에서 붉은빛을 더해갔다. 어판장 여인들의 악착스러운 삶을 닮아 저절로 붉어지는 빛이었다. 통증으로 밤을 뒤척이다가도 다음 날 어둑새벽이면 좌판 앞에 오뚝이처럼 앉는 아낙들처럼, 동백은 찬바람 속에서도 꼿꼿이 피어났다.

섬사람들은 삼백예순 날을 바다를 향한 간절함으로 살아가지만, 자식만큼은 뭍으로 보내고 싶어 했다. 배우지 못한 한이 뼛속 깊이 새겨진 그들이었다.

병갑이 아지매도 그랬다. 열아홉에 만난 동갑내기 남편은 가난했다. 육지에도 바다에도 발바닥 한 짝 붙일 자리라고는 없었다. 두 아들은 섬에서 자란 아이들치고는 드물게 공부를 잘했다. 육지 공부를 시키고 싶어도 옹색한 바다 벌이로는 어림없었다. 어찌어찌해서 고등학교는 인근의 교육도시로 보냈다. 자석의 양극과도 같이, 자식들이 뭍으로 갈수록 섬사람들의 육신은 점점 더 바다 깊숙이 들어갔다. '농어민 후계자'라는 이름으로 장학금이 나왔지만 거절했다. 섬으로 되돌아오지나 않을까 하는 걱정에서였다.

아지매는 더 고단해졌다. 바닷속 바위에 붙어사는 따개비처럼 온몸을 갯바닥에 바짝 붙여야 했다. 낮에는 바닷물에 발목을 담근 채 굴을 따고 조개를 팠다. 밤이면 남편을 따라 주낙을 하고, 샐녘이면 밤새 잡은 고기를 팔기 위해 판장 가에 앉았다. 쉬는 때라야 무릎 앞에 놓인 어물이 다 팔려나가고 매나니로 아침을 먹는 시간이 고작이었다. 우뭇가사리 국물에 달랑 밥 한술 말아 넣은 것이 전부였다. 숟가락을 대기도 전에 '후루룩' 바닥이 드러나고 마는 국사발을 내려놓기가 무섭게, 아지매는 또 바다를 향해 총총히 걸어갔다.

걸음을 옮길 때마다 관절 끊어지는 소리가 나도 아들들 생각만 하면 힘이 솟았다. 없는 살림에 육지 공부를 시킨다는 남우세를 들어도 방싯방싯 속웃음이 났다. 형제가 서울에 있는 대학에 합격했을 때는 어판장 한가운데에서 덩실덩실 춤이라도 추고 싶었다.

환영이었을까. 형제는 감당할 수 없는 폭풍이 되어서 날아왔다. 방학을 맞아 고향으로 가는 길에서 만난 교통사고였다. 기말고사가 끝나자마자 며칠만이라도 집에 다녀가라 했다. 보약이라도 한 제(劑) 지어 먹일 생각이었다. 아르바이트 자리를 알아보아야 한다는 말에 야단까지 쳐가며 오게 한 일이 그리 될 줄이야. 된바람 속에서도 꽃봉오리를 탐스럽게 물고 있던 두 아들은 툭 하니 지고 말았다.

불행은 함께 오는 모양이었다. 자식을 떠나보내고 병갑이 아재는 술로 세월을 보내느라 하루가 멀다고 선창가 바닷물에 빠지기 일쑤였다. 어느 날엔가는 집을 나가 돌아오지 않더니 방파제 너머에서 주검으로 떠올랐다. 아지매의 입은 틔우지 못한 동백 꽃봉오리가 되어 닫혀버렸다. 시어머니는 밤마다 일을 마치고 돌아오는 며느리에게 소금을 뿌리며 고래고래 소리를 질렀다.

"시퍼런 두 아들 잡아묵꼬 서방까지 잡아묵더니 인자는 시에미까지 잡아물라꼬!"

노모의 눈에서 광기가 번쩍였던 그 밤, 귀신을 쫓는다며 끓는 물이 날아들었다. 든벌 차림으로 집을 나왔다. 가련한 삶은 아지매를 어판장 바닥에 꽁꽁 동여맸다. 종일 찬물로 생선을 다듬으며 생선상자 위에서 시린 삼동의 시간을 오도카니 받아냈다.

그토록 모질던 겨울에도 동백은 꽃송이를 밀어 올리고 있었다.

남편과 자식을 바다와 땅에 묻고서도 자신은 멀쩡히 살아 숨쉬는 것이 원망스럽기만 한 아지매의 한(恨)은 동백 꽃잎 속으로 겹겹이 숨어들었던가 보다.

밤새도록 동백꽃이 내리던 날이었다. 절정의 아름다움을 스스로 내려놓는 도도함이었을까. 낙화의 순간에도 동백은 흔들리지 않았다. 그날 새벽, 병갑이 아지매는 다른 날보다 꼿꼿한 자태로 고기 상자 위에 앉아 있었다.

설핏 부처웃음이 비쳤던가. 두 눈을 내리감은 순백의 얼굴이 꽃송이를 다 떨구어 내린 한 그루 동백이었다.

● 『푸른사상』 2015. 봄 · 여름호

제5부

조율사

붉어진 귓불 곁으로 종다리 한 마리가 포르르 날아올랐다. 아내의 단아한 눈빛이 남편의 눈길을 따라 새가 날아간 창문을 넘어갔다. 부부의 모습이 황혼 녘에 쟁기질을 끝내고 산비탈에 서 있는 겨리소처럼 정다웠다.

교장 선생님과 오동나무

여고 졸업식장은 울음바다였다. 좌절과 서러움, 알 수 없는 아쉬움이 뒤범벅된 회한이었다. 나의 여고 시절은 그렇게 유별난 이별 의식을 치르고서야 끝이 났다.

1977년 5월 어느 날, 학과 사무실로 한 통의 편지가 왔다.

> 朴錦仙 孃에게. 諸君! 君에게 글을 쓰려니 옛일이 그리워지려 합니다. 良心의 텃밭에서 기른 그 意志로 하나하나 塔을 쌓아가길 빕니다. 學問을 닦아 앞날에 榮光 있기를 빕니다. 客地에서 부디 健康에 留念하시오.

모교의 교장 선생님으로부터 온 편지였다. 그 무렵 나는 서울의 한 여자대학에 갓 입학한 신입생이었다. 난생처음 시작한 서울살이에 주눅이 들어 있던 촌뜨기에게 그 편지는 큰 격려가 되었다. 특히, 내 본명의 마지막 자(字) '선(仙)'은 착할 '善'으로 쓰는 경우가 대부분인데 교장 선생님이 졸업생의 이름을 한자로 정확하게 기억해주신다는 것만으로도 자긍심이 느껴졌다.

고교 입시경쟁이 치열했던 때다. 당시 진주에는 인문계 여자고등학교가 두 개 있었다. 진주여고와 나의 모교 삼현여고가 있었지만, 사람들의 머릿속에서 '여고'는 진주여고 하나뿐이었다. 나는 '여고' 입시에 실패하고, 개교한 지 삼 년째이던 삼현여고에 입학했다.

시내에서 뚝 떨어진 외곽 모래벌판에 덩다랗게 있던 콘크리트 건물은 유배지 같았다. 그해 삼월, 도동벌의 꽃샘바람은 왜 그리도 심란하던지……. 학교 울타리를 따라 서 있던 어린 소나무들이 바람에 휘둘리는 모습이나, 어디서 왔는지 모를 새끼염소들이 운동장 가장자리 모래 더미에 코를 박고 마른풀을 뜯는 정경은 꼭 우리들 같아서 슬퍼지곤 했다.

가만히 있어도 서럽던 시절이었다. 어디를 가나 '삼류'라는 꼬리표가 따라다녔다. 전교생 중 많은 아이가 나와 같은 처지로 고향인 인근 소도시나 소읍을 떠나와 자취나 하숙을 하고 있었다. 첫 좌절의 경험은 한창 키워야 할 꿈을 한없이 작게 만들었다. 선생님들의 열정은 차고 넘쳤으나 그런 만큼 아이들은 반항아가 되기도 했다. 여고 2학년, 그날의 일은 잊을 수 없다.

우리 반은 시험 때마다 학년 꼴찌를 도맡았다. 담임선생님 과목인 수학마저 매번 꼴찌여서 시험이 끝나면 교실에는 냉기류가 흘렀다. 2학기 중간고사가 끝난 주간이었다. 한 아이가 대학생 오빠에게 부탁하여 어려운 수학 문제를 가져와 질문을 했다. 전날 학년 꼴찌를 하여 야단을 맞은 일 때문에 선생님을 골탕 먹일 생각이었던 것 같다. 선생님은 대뜸, 쉬운 것도 못 푸는 녀석이 어떻게 이런 어려운 문제를 묻느냐며 화를 냈다. 그러고는 칠판에 수학 문제를 여러 개 써놓고 풀라고 했다. 아이는 울음을 터뜨렸고, 꾸지람은 그치지 않았다. 교실은 술렁거렸다. 반장으로서 가만히 있어서는 안 될 것 같았다. 나는 울면서 항의했다. 선생님은 교무실로 불러 반성문을 쓸 때까지 무릎을 꿇고 손을 들고 있으라고 했다. 나는 반성문을 쓰지 않겠다고 고집을 피우며 입술을 깨물었다. 종례가 끝나고서야 교실로 돌아간 나는 교실 문을 연 순간, 놀라고 말았다. 아이들이 어두컴컴한 교실에서 불도 켜지 않은 채 꼼짝 않고 있는 게 아닌가. 칠판에는 이런 글귀가 적혀 있었다.

'등교 거부. 내일 솔밭으로! 찬성 100%.'

등교 거부가 무엇을 의미하는지 겁이 났지만, 기다려준 급우들의 의견을 무시하는 것도 비겁한 일 같았다. 나는 불끈 주먹을 쥐어 보였다. 다음 날, 59명 모두가 솔밭에 모였다. 학교에서 1킬로미터 정도 떨어진 곳이었는데 흘깃흘깃 쳐다보며 지나가는 사람들 때문에 겁이 났다. 그즈음 나는 학교와 담벼락을 사이에 두고 있는 집에서 하숙하고 있었다. 아이들을 데리고 하숙집으로 가 하숙방과 다락방에 나누어 숨게 하고, 나는 옥상에 올라가서 학교 운동장을 살폈다.

전교생 조회가 있는 날이었다. 우리 반의 위치는 마침 교장 선생님이 서 있는 연단 바로 앞줄이었는데 도로 공사 중인 길처럼 하얗게 비어 있었다. 그 자리에 내리쬐던 빛줄기와 빛에 반사되어 반짝이던 금빛 모래알은 지금도 생생하다. 곧이어 들려오던 어지러운 호루라기 소리……. 우리는 주인을 따라가는 순한 염소처럼 선생님을 따라 학교로 돌아갔다.

나를 포함해서 서너 명이 근신을 받았다. 주동자에게는 퇴학 처분이 내려질 것이라는 소문이 돌았다. 일주일 정도가 지난 뒤에 교장실로 불려가면서 '이제 끝이구나.' 생각했다.

"와 그랬노? 내한테는 솔직하게 말해보거라이."

눈물만 났다.

"허허! 우리 딸들이 마이 컸대이. 담임선생님 마음이 쫌 급했던갑다. 그런데 느그들도 급했지 싶다. 느그들을 믿는 것맨치로 내는 선생님도 믿는다. 찬차히 다시 시작해보자. "

교장 선생님은 우리를 데리고 학교 근처 분식집으로 갔다. 고개를 파묻고 흐느끼느라 칼국수를 씹지도 않고 삼켰던 기억밖에 없다. 눈물 · 콧물 반, 칼국수 반이었다.

"선생님도 사람 아이가. 다 느그들 잘되라꼬 하신 기다. 다시 해보자. 내가 사과하꾸마."

단 한 번의 입시 실패로 삼류로 낙인찍힌 줄로만 알았는데, 그래서 억울했는데, 아니었다. 교장 선생님은 우리들을 믿고 인정해주신다는 것을 알게 되었다. 그날부터 우리는 더는 반항아가 아니었다. 그 뒤에도 불러 이야기를 들어주시곤 했다. 대학 입시는 꼭 성공해서 교장 선생님을 기쁘게 해드려야겠다고 마음먹었다.

눈물의 졸업식이었다. 행사가 끝난 후 어머니와 함께 교장실로 갔다. 어머니는 감사의 마음을 전하고 싶어 했다. 교장 선생님은 교정에 심을 오동나무 묘목 세 그루를 부탁했다.

많은 나무 중에 왜 오동나무였을까? 딸을 낳으면 심었다가 시집 갈 때가 되면 가구로 만들어주었다던 나무 아닌가. 교장 선생님은 우리를 당신의 딸로 삼고 오동나무처럼 쑥쑥 자라기를 바랐던 거다. 그루마다 학교 교훈처럼 '현민(賢民), 현처(賢妻), 현모(賢母) 나무'라고 명패를 붙이고 천년이 지나도 세 가락을 잃지 않는다는 오동나무처럼 우리도 가르침 받은 대로 '어질게' 살아가기를 원하셨던 게다.

그때의 일로 나는 교장 선생님에게 사고뭉치로 인식되었던 듯하다. 1970년대와 1980년대를 거치면서 대학생들이 거리로 나와 반정부 구호를 외칠 때마다 걱정이 담긴 안부 편지를 보내주셨으니.

선생님은 내가 대학을 졸업하면 모교로 돌아오기를 바랐다. 후배를 가르치며 인근의 대학원에 진학하여 학업을 이어가기를 권했지만, 나는 낙향하기 싫다는 이유로 따르지 않았다. 서울에서 직장생활을 하는 동안에도 몇 번 더 편지를 보내왔지만, 번번이 거절하여 안타깝게 해드렸으니 지금에야 그 깊은 은혜를 조금 헤아릴 뿐이다.

이웃 아파트 마당에 오동꽃이 피었다. 어찌나 높이 자랐는지 하늘가가 연보랏빛으로 물들었다. 교정의 오동나무는 얼마나 컸을까. 오월이면 훈화 말씀인 듯 교장 선생님의 마지막 편지를 꺼내 읽는다.

> ……저는 諸君이 자랑스럽습니다. 母校를 걱정해주는 卒業生이 얼마나 많을지요. 三賢의 發展은 卒業生들의 發展에 매인 것인즉, 참되

고 슬기로운 女性들을 많이 輩出함으로써 榮光된 것이라고 생각합니다. 부디 精進하여 社會와 國家의 人物이 되어주실 줄 믿습니다.

검정 두루마기를 입고 검정 안경테 너머로 인자한 미소를 지으시던 최재호(崔載浩)* 교장 선생님. 오동꽃 너머로 40여 년 전, 선생님의 헛기침 소리가 들려오는 것만 같다.

● 『문장』 2021. 봄호

---

* 경남 고성 출생(1917.5.6~1988.3.25). 호는 아천(我川). 동국대 국문학과 졸업. 시조시인. 진주 삼현여중고를 설립했다.

감나무집 입주기(入住記)

시골에 사는 친구 집에 갔다가 대봉시를 얻어 왔다. 감나무를 부러워하는 나를 위해 친구는 마침 감을 딸 때가 되었다며 장대를 휘둘렀다. 두 상자나 담아주기에 마다치 않고 가져왔지만 저장할 곳이 마땅치 않았다. 이웃에 나눠주고, 깎아서 바람이 잘 드는 창가에 매달고, 남은 것은 베란다에 신문지를 깔고 펼쳐두었다.

감이 익기를 기다리는 하루하루가 여삼추였다. 여러 날이 지났건만 땡글땡글한 채로 감감무소식이니 감질이 났다. 보름이 지나서야 겨우 한 개가 익었다. 들락날락하며 익은 감을 골라 먹는 재미가 쏠쏠했다.

며칠 후, 이른 아침이었다. 아침을 짓는데 베란다가 소란스러웠다. 힐끗 보니 직박구리 두 마리가 정신없이 감을 쪼아대고 있었다. 밥솥에 쌀을 앉히다 말고 놀라 달려가 거실 유리문을 열었다. 새들은 더 놀랐던 모양이다. 한 마리는 열린 창으로 한 번에 쑥 날아갔지만, 다른 새는 닫힌 창에 부딪히고 말았다. 돌아와 다시 날고 또 부딪히느라 야단이었다. 몇 번의 시도 끝에 간신히 탈출했지만, 바닥엔 깃털이 낭자했다.

먹다 남긴 홍시를 보니 입맛만 다시다가 만 듯했다. 모른 척할걸. 주인입네, 하고 쩨쩨하게 문을 열어서는 먹지도 못하게 했으니 미안했다. 그런데 잠시였다. 계속 날아들었다. 이번에는 실컷 먹도록 내버려두었다. 저녁녘에 보니 홍시 한 개가 얼추 없어졌다. 그만하면 되었다 싶어 새가 들어오지 못하게 창을 닫아버렸다.

다음 날 세 마리가 창밖 난간에 앉아서 안을 들여다보고 있었다. 한참 있다가는 날아갔다가 또 와서는 뚫어져라 보곤 했다. 그런데 내 눈에 그런 건지, 새들의 눈빛에 원망이 가득했다.

혹 친구네 집에 있던 그 새들인가, 싶었다. 그렇지 않고서야 저리 집착할까. 가지를 수시로 드나들며 일 년 내내 공들여 키운 감을 생전 보지도 못한 여자가 나타나 다 싸갔다고, 염치없는 아줌마라고, 동네 새들을 불러 데모라도 하러 온 건가. 무안스러워서 감 한 개를 창틀 너머에 슬쩍 놓아두었다.

오며 가며 보니 새들은 겨끔내기로 왔다 갔다 하며 종일토록 쪼아댔다. 한 개는 야박하다 싶어 한 개를 더 줬다. 그런데 새들의 식사법이 보통 점잖은 게 아니었다. 쪼았던 쪽만 쫄 뿐, 다른 쪽은 입질도 하지 않았다. 먹을 것을 발견했을 때 남이 먹지 못하도록 침으로 묻혀서 내 것으로 확보해놓곤 했던 기억이 있던 나는 뜨끔했다. '새만도 못했구나.' 며칠 사이에 창틀 너머 난간은 새들의 식당이 되었다. 처음엔 직박구리만 오더니 산비둘기와 까치, 까마귀까지 날아와 다 먹어버렸다.

한 달가량 여행을 다녀오기로 되어 있었다. 대봉시가 걱정이었다. 냉동고도 김치냉장고에도 빈자리가 없었다. 이참에 인심이나 쓸까 싶었다. 우리가 먹을 것은 베란다에 남겨두고, 나머지는 새들에게 주기로 했다. 기왕에 근사하게 한 상 차려주고 싶었다. 나뭇가지를 엮어 창틀 난간에 고정하고 나니 산길 아래 감나무집이 생각났다. 담벼락 아래에 감나무잎이 많이 떨어져 있었다. 빛깔이 고운 이파리 몇 개를 가져와 가지 사이사이에 끼우고 대봉시를 올렸더니 제법 감나무 느낌이 났다. 멀리서 보면 우리 집은 홍시가 주렁주렁한 '감나무집'으로 보였을지 모른다.

남편은 감을 안으로 들여놓으라고 성화였다. 애써 따준 친구의 성의를 무시한다느니, 무겁게 들고 와서 새한테 다 준다느니 했지만 나는 "이 대봉시들은 원래 얘네들 것이었어요." 하고 대꾸질했다. 새들에게서 받은 것에 비할까. 이사 와서 사는 동안 사시사철 밤낮으로 들려주는 노랫소리에 얼마나 행복해했던가.

여행을 떠날 때는 고민이었다. 베란다 창을 열어두어야 할지, 닫아야 할지……. 열자니 새들이 들어와 남겨둔 감까지 다 먹을 것 같고, 닫자니 식물이 걱정이었다. 망설이다가 바람이 들락거릴 정도로만 빼꼼히 열어놓고 갔다.

한 달 후에 돌아와서 보니 감은 흔적도 없었다. 난간 밖은 물론이고, 베란다에 있던 대봉시도 사라져버렸다. 널브러진 감꼭지와 군데군데 떨어진 붉은 살점 몇 개가 이곳이 감이 있던 자리라고 말해줄 뿐이었다.

그때, 산비둘기 한 마리가 날아왔다. 난간에서 서성이는가 싶더니 천연덕스레 문틈으로 들어와서는 들깨나무 끝에 앉는 게 아닌가. 직박구리 한 마리도 들어와 동백나무에 앉았다. 그 많은 대봉시를 빼줄치고 새퉁스럽기는! 나는 있는 대로 눈을 부라려보았지만 두려워하기는커녕, 눈을 맞추고 제집인 양 목청껏 노래까지 했다. 기가 눌렸다.

새들이 집의 주인 같았다. 한 달 사이에 우리 집의 점유권은 새들에게로 넘어가버린 것이었다. 화초 사이를 감나무 가지인 양 넘나들며 두리번대는 모양이 '까치밥'을 찾는 게 분명했다. 절로 눈이 흘겨졌다. '새대가리라니! 까치밥이라도 남겨두지 않고!' 그런데 내 눈에도 발그레하고 야들야들한 홍시가 아른거리는 것이 참을 수 없었다. 여행 가방을 풀다 말고 시장으로 달려갔다. 다행히 대봉시가 남아 있었다. 한 상자를 사 들고 와서 베란다에 풀어놓고 보니 감나무 집 주인이 된 것 같았다.

감나무가 있는 집에서 사는 것이 소원이었던 나는, 그렇게 해서 직박구리와 산비둘기, 까막까치랑 한집 살림을 시작했다.

● 『한국수필』 2020.12

15 극장

우리 동네에는 특별한 극장이 있다.

신림6동 시장 안, 작은 가게가 그곳이다. 매일 아침 여덟 시에 시작해서 저녁 여섯 시까지 이십여 년째 공연을 이어오지만, 똑같은 작품을 올린 적이 없다.

극장 문을 열면 어두컴컴한 서너 평의 공간이 나타난다. 가운데에 놓인 연탄난로에서는 양은 주전자가 끓고 있고, 벽에는 쌀 튀밥과 강냉이와 누룽지 튀긴 것을 담은 양파 자루들이 겨울잠 자는 박쥐처럼 드레드레 달렸다. 문 입구 바닥에 뻥튀기 재료를 담은 양철통이 줄지어 있다. 콩, 율무 같은 곡식과 우엉, 무 등의 채소를 말린 것들이다.

어둠에 익숙해지면 가게 안이 구석구석 보인다. 안쪽에 작은 구들이 있다. 담요 한 장을 반으로 접은 크기의 자리에서 손님들은 뻥튀기가 나오기를 기다리며 가게 주인 김 씨가 하는 공연을 본다. 처음엔 말 한마디 않고 있기 예사다. 오늘도 아주머니 세 명이 얇은 담요 한 장을 나눠 덮고서 동상이몽으로 앉아 있다.

"찰크락!"

김 씨가 뻥튀기 기계에 가스불을 붙이고 압력 레버를 잠근다. 이 신호를 시작으로 15분간의 공연이 펼쳐진다.

"장사를 마치고 나면 재워주는 집들이 많았어요. 그중 늙은 벙어리 남편과 젊은 마늘 각시 부부가 젤로 생각나요. 금슬이 참 좋았어요. 그런데 두 사람의 사연이 궁금해요. 알고 보니 가난한 친정을 살리려고 부잣집으로 시집을 왔던 거야."

이야기는 1950년대 초, 배고팠던 시절로 올라간다.

"아이 셋을 두었는데 이름이 재밌어요. 첫 아이는 우연히 생겼다고 '우연'이, 둘째는 자연히 생겨서 '자연'이, 세찌는 기분 좋게 만들었다고 '기분'이라고 지었던 거라."

관중 속에서 키득키득 웃음이 새어 나온다. 일흔을 넘긴 나이지만 훤칠한 키에 근육질 몸매, 부리부리한 눈매가 시선을 잡아당긴다. 늡늡한 성격에 능갈치는 재주까지 갖추었으니 15분이 언제 갔는지 모르게 훌쩍 지난다. 그 시간이면 압력기의 눈금이 정확히 110도를 가리키고 뻥튀기가 터져 나온다.

김 씨는 기계에 불을 올리며 손님들의 마음에 군불을 지핀다고 생각한다. 댕돌같은 곡식 낟알들을 뻥튀기하려면 차가운 고철 덩어리가 100도 넘는 온도를 품어야 하듯이, 사람의 마음을 여는 데에도 체온을 넘는 열기가 필요하다고 믿기 때문이다.

기계를 돌리기 전에 그가 늘 묻는 말이 있다. 뻥튀기를 먹을 사람이 누구냐는 것이다. 처음엔 손님 대부분이 별걸 다 묻는다는 투로

묵묵부답이다. 김 씨는 먹을 사람에 따라 압력을 다르게 해야 하기 때문이라고 일러준다. 할머니가 먹을 쌀알은 부드러워야 하고, 손주가 먹을 것은 덜 튀겨야 좋단다. 노인은 달착지근한 것을 좋아하지만, 젊은 여인들은 사카린을 넣어서는 안 된다는 말도 곁들인다. 가족 중에 당뇨가 있는지, 비만 환자는 없는지, 치아 상태까지 확인한다.

이쯤 되면 배겨낼 재간이 없다. 세상 귀찮으니 말 시키지 말라고 입 꾹 다물고서 버티기 자세로 있던 이들도 슬슬 입을 열게 된다. 손님들의 마음을 여는 데 성공했으니 오늘은 불쏘시개에 불이 빨리 댕겨진 셈이다. 공연 시작이 빨라졌다.

보통은 김 씨가 배우이지만 손님이 대신할 때도 있다. 나도 두어 번 배우가 되었던 적이 있다. 이야기하려다 보면 처음엔 주뼛주뼛하다가도 목청을 올리게 되고, 관객들은 배우의 삶에 자신을 빗대면서 시나브로 몸과 마음을 끄덕이게 된다. 그 온기가 표정으로, 눈빛으로, 때로는 목소리에 담겨 나와서 극장 안은 배우의 열변과 관객의 추임새까지 합하여 열기가 절정에 이른다.

그맘때면 소리를 높여가며 변죽을 울리던 기계 소리도 최고조에 다다른다. 압력기의 바늘이 큰 폭으로 흔들리다가 요동치기 시작하면 김 씨의 동작이 다급해진다. 재빨리 뻥튀기 망을 준비하고 가스불을 뺀다. 마침내 눈금이 110을 가리키는 순간에 이르면 압력 조절 밸브를 열어젖히면서 시장통을 향해 냅다 소리를 지른다. "뻥이요!" 고철 덩어리에서 꽃밥이 터져 나오고, 멀리 관악산 호압사 산문에 기대어 선 조팝나무에서도 '톡! 톡!' 흰 쌀꽃 터지는 소리가 들려온다.

온 세상이 환한 싸리꽃밭이다. 손님들의 속도 모두 뻥! 터져서는 갓 쪄낸 유월 햇감자 속처럼 파근파근하니 환골탈태한다. 그러면 자리에서 일어나 주섬주섬 튀밥 봉지를 챙겨 들고 극장 문을 나선다. 조팝꽃처럼 포슬포슬하니 피어 집을 향해 왜죽걸음으로 팔을 홰홰 내저으며 빠르게 걸어가는 몸짓이 가볍다 못해 경망스러울 정도다.

수십 년 동안 뻥튀기를 하며 김 씨가 얻은 철학이 있다. 곡물 한 됫박을 넣고 15분 동안 기계를 돌리다 보면 아무리 힘든 마음도 평상심으로 돌릴 수 있다는 거다. 마음에 왜바람 불어오는 날이면 나는 곡식 한 됫박 챙겨 들고 신림6동 시장 골목 '15 극장'으로 향한다.

• 『한국산문』 2018.6

"굿바이, 제라늄!"

손님이 화분 하나를 들고 왔다. 석 대의 작은 줄기에 연두 잎이 쌀눈처럼 돋아 있었다. 제라늄이라고 했다. 처음 듣는 이름이어서 초면인 줄 알았는데 찬찬히 보니 눈에 익었다. 오래전 유럽에 살 때 보았던, 석조건물의 창가나 카페 발코니에서 몽글몽글 피어나던 그 꽃이었다.

잘 키울 수 있을지 걱정이었다. 새끼손가락만 한 키에 줄기마저 가늘었다. 볕이 잘 드는 곳에 두었더니 몇 달이 지나자 꽃대가 올랐다. 그 어린 꽃나무가 꽃망울을 달다니, 기특했다. 급류 한복판에서 날쌔게 잡아 올린 물고기를 입에 물고 의기양양하게 서 있는 어린 물총새 같았다.

그즈음 새로운 봉사 단체를 맡게 되었다. 구성원 사이에 자주 삐걱거리는 소리가 났다. 처음부터 잘 적응하는가 하면, 사사건건 힘들어하기도 했다. 속이 타들어갔다. 그런 날에도 제라늄은 쑥쑥 꽃대를 올렸다. 주인 속은 아랑곳하지 않고 저 혼자 활짝활짝 피어서

야속하다 싶다가도 마음이 환해졌다. 꽃을 준 이웃이 고마웠다. 나도 꽃을 나누면 아롱이다롱이인 마음을 모을 수 있을까?

화원에 갔다. 여러 색깔의 제라늄이 피어 있었다. 회원 수만큼 화분을 사고, 제라늄도 색색으로 골라 가져왔다. 한 사람 한 사람 이름을 써 붙인 화분에 꽃대를 잘라 심고 뿌리가 내리기를 기다렸다. 뿌리내리기는 쉽지 않았다. 잎끝이 새들새들 말려들기 예사였다. 목마르기를 기다려 물을 주고, 분을 들고 볕을 쫓아다니다시피 해도 굽은 등줄기를 좀체 펴지 못했다. 연둣빛이 도는 듯싶다가도 통째 썩기도 했다.

도리가 없었다. 기다리는 수밖에. 그동안에는 제라늄도 나도 못 본 척한다. 시선을 안으로만 향한 채 침묵 속에서 보낸다. 그러다 보면 줄기가 펴지고, 새잎이 돋았다. 뿌리가 내렸다는 증거였다. 더 지나면 꽃대가 오르고, 꽃송이가 맺혔다. 뿌리 내리기가 어렵지, 내리기만 하면 제라늄은 비가 오나 눈이 오나 사시사철 피고 지기를 반복했다. 그때쯤이면 내 마음 밭에도 단단한 뿌리 하나쯤 내렸어야 했다.

사람 사이는 달랐다. 종잡을 수 없었다. 좋았다가도 틀어지기 십상이었다. 몇 번이고 마음밭을 갈아엎어야 했다. 속내를 뒤집어 보여주고 싶은 때가 한두 번이 아니었다. 그런 날에는 베란다에 신문지를 펼쳐놓고 몇 번이고 속을 뒤집었다. 모종삽으로 바닥에 붙은 흙덩이를 박박 긁어 부수면 굳은 생각 덩어리들이 깨지는 소리가 들려왔다. 생인손을 앓는 통증이 느껴지기도 했다.

사람들의 마음에도 시든 잎사귀가 있다는 것을 알게 되었다. 살

아내느라 시시때때로 불어오는 바람 앞에서 바삭해진 잎사귀들이었다. 제라늄이 새 화분에 뿌리를 내릴 때처럼, 누군가 내 속에 자리를 잡을 때에도 시간이 필요했다. 시든 잎사귀를 골라 따주고, 속절없이 휘어져버린 등에 꽃대를 세워주고, 간신히 맺은 꽃망울에 숨을 불어넣어주는 따스한 눈빛의 시간이.

이웃이 준 꽃분 하나로 집 안이 제라늄밭이 되었다. 걸개를 하여 발코니에 매달았더니 사람들이 지나다 보고 감탄사를 연발했다. 키워보라며 줄기를 꺾어 건네기도 했다. 제라늄을 키우는 집이 늘면서 회색 아파트 벽이 알록달록 꼬까옷을 입었다. '제라늄 전도사'란 별명도 얻었다.

새로운 사람을 만나면 화분을 사는 버릇이 생겼다. 꽃을 받을 사람을 떠올리며 어떤 모양의 분을 고를까, 어떤 색깔의 제라늄을 심을까 생각하면 가벼운 흥분이 인다. 그렇게 준비한 화분에 제라늄을 꺾꽂이하며 내 속에 또 한 사람을 심는다.

제라늄을 보낼 때면 딸을 시집보내는 엄마가 된다. 꽃단장을 해주며 부족한 곳을 살핀다. 낯가림이 심한 꽃에는 북을 돋우어준다. 꽃망울을 맺어본 적 없는 녀석 곁에는 허리가 실한 모종 가지 하나를 덧붙인다. 외줄기라면 두어 포기를 더 딸려 보낸다. 영양제를 얹으며 몇 번이고 덜었다 보탰다를 반복한다. 마지막으로 푸른 솔이끼를 덮어주며 다독인다. 그러느라 이별의 전야는 깊어만 간다.

어느새 관악산 언저리로 먼동이 터온다. 작별의 시간, 가만가만 잎사귀를 만지며 흙을 덮고 있는 이끼의 귀에다 대고 당부한다. "네가 잘 돌봐주렴." 그리고 이름씨들을 찾아 떠나는 꽃들에게 마지막

인사를 한다.

"굿바이, 제라늄!"

●『에세이포레』 2017. 봄호

저녁의 악보

저녁은 살아 있는 것들의 귀착지. 무성했던 계획을 접고 제집을 찾아드는 발걸음들로 저잣거리처럼 술렁인다.

모두는 저녁에 이르기 위해 하루를 걸어왔는지 모른다. 대낮, 새의 날갯짓이 먹이를 구할 고통스러운 비상(飛翔)이라면 저녁의 그것은 수고를 접는 안온함이다. 낮의 계곡물 소리가 먼길을 재촉하는 느낌이라면, 저녁의 그것은 목적지에 안착해서 발을 푸는 평온함이다. 나무들도 광합성을 위해 온종일 햇볕을 좇던 가지들을 제 속으로 모아들인다. 저녁의 품은 더없이 넉넉해진다. 하늘은 드넓고, 길은 멀리에 뻗어 있다. 강가에 사는 이라면 더 넓어진 강폭을 만날 수 있고, 바닷가에서는 한층 깊어진 수심(水深)을 느낄 수 있으리. 그맘때면 산 너머 사찰에서 들려오는 예불 소리, 저녁은 대웅전 마당처럼 음전하다.

졸참나무 한 그루가 비탈길에서 땅에 맞닿을 듯 누워 있다. 구새

먹은 둥치는 움푹움푹한 생채기로 성한 데가 없고, 등산로 위로 솟아오른 뿌리는 사람들의 발길에 이리저리 차인 흔적이 역력하다. 삭정이가 된 가지는 한 번도 푸른 잎을 돋운 적 없고, 한 마리 새도 앉혔을 성싶지 않다. 졸참나무 아래 의자에 할아버지 한 분이 앉아 있다. 시골에서 살다가 아내를 하늘나라로 떠나보내고 몇 달 전에 아들네로 왔다는 손 씨 할아버지다. 언젠가부터 할아버지도 관악산의 저녁 풍경이 되었다. 아들 내외가 더없이 잘해주어도 종일 집 안에 있기가 미안해서 식구들이 퇴근해 돌아오는 저녁때면 집을 나와 산 근처에서 시간을 보낸다.

어찌 보면 졸참나무도 할아버지도 하는 일 없이 자리만 차지하고 있는 듯하다. 그러나 모든 살아 있는 것은 그 자체로 오랜 길을 걸어왔고, 또 걸어가고 있는 것 아닐까. 처음부터 큰 나무였을까. 어린 졸참나무는 최선을 다해 살아냈을 테다. 민둥산 자락에서 추위와 비바람을 견뎌내느라 헤아릴 수 없이 흔들렸을 터. 가녀린 줄기엔 알통 생기고, 푸슬푸슬한 흙 부스러기는 서로를 섞은 뿌리로 탄탄한 터 되었을 테지. 할아버지도 푸르던 날에는 젊은 날의 졸참나무처럼 우뚝했으리. 가지 끝으로 모아들인 올망졸망한 햇살로 자식들을 알토란처럼 키워냈을 거다. 그러는 사이 큰 나무 되고, 문실문실 뻗은 몸피는 울울창창한 숲으로 자랐을 테지. 그러니 졸참나무도 할아버지도 세상의 한 모퉁이를 지켜온 파수꾼들이다.

저녁때에 이르면 한낮에 볼 수 없던 것이 보이고, 들을 수 없던 것이 들린다. 앞서 걸어간 발자국이 또렷해진다. 제 몸을 눕어 자리를 허락해준 풀잎들의 작은 몸짓 하나, 지름길은 물론 에움길에 있는 모든 걸음이 돋을새김으로 솟아오른다. 수많은 걸음을 딛고 선 때문일까. 저녁은 슬픈 영화의 정거장처럼 애잔하다. 노동을 끝내고 집으로 돌아가는 사람들의 어깨는 누군가를 향해 기울어져 있고, 눈빛은 또바기 젖었다. 저물녘이면 모두는 서로를 애타게 당긴다. 떠난 것들을 불러들이는 소리가 어느 때보다 크게 들려오는 것도 그 때문이다. 하느님이 에덴동산에서 선악과를 따 먹고 숨은 사람을 부르며 "너 어디 있느냐?"고 물었던 때도 저녁 무렵이었다. 저녁은 길 위의 나그네들에게 떠나온 곳을 향해 머리를 돌리게 한다.

산들바람이라 했던가. 저녁은 영락없는 바람둥이다. 꽃이란 꽃들은 다 꼬드겨본 솜씨다. 저녁의 몸에는 수십 개의 현이 있는 모양이어서 눈길을 툭 스치기만 해도 모두를 음표로 피워낸다. 꾸꾸루, 깍깍, 비비비……. 새 소리뿐 아니다. 풀 이파리 하나, 물 한 방울, 돌멩이 하나도 저녁 속에서는 제각각의 길이를 갖는 음표가 된다. 파르르, 사르르르, 도르르르르……. 저녁은 살아 있는 것들이 함께 쓰는 오선지. 최선을 다해 하루를 건너온 걸음들이 저녁의 악보 위에서 음악으로 피어난다.

툭! 졸참나무에서 도토리 하나가 떨어져 내렸다. 떼구루루 도돌이표가 되어 굴러간다.

• 『현대수필』 2019. 가을호

흔적

1호선 지하철 안. 광명역 멀리 구름산이 보인다. 산을 넘어온 구름이 쉬었다 간다는 곳. 우리 가족이 튼 세 번째 둥지였다.

완치된 줄로 알았던 폐결핵이 재발했다는 진단을 받고 찾아간 곳이었다. 결핵은 약을 먹는 순간에 전염력이 없어져 그럴 필요까지는 없었지만, 나는 스스로 세상에서 떨어져 있어야 한다는 강박증에 시달렸다. 초등학교 입학을 앞둔 아이를 데리고 서울을 떠나 광명시 소하동 구름산 아랫자락으로 들어갔다.

새봄, 새집, 새 이웃……. 천지가 새 빛으로 차오르고 있었다. 무리 속에 끼어 있으면 우리 가족에게도 따스한 볕이 내릴 것 같았다. 그러기를 한 달여, 결혼한 지 여섯 달밖에 되지 않았던 막내동서가 갑자기 하늘나라로 떠나고 말았다. 오랫동안 투병 생활을 해온 두 분 시부모님의 초상을 치르고, 막내시동생까지 혼인하여 분가한 뒤라 겨우 한숨 돌리던 참이었는데 충격이었다. 다시 한집 살림을 시작했다.

매일 아침, 한 움큼의 약을 먹는 일은 형벌이었다. 약이 결핵균을 찾아 공격을 퍼붓는 동안, 몸은 고스란히 전쟁터가 되었다. 가려워서 견딜 수 없었다. 욕실로 뛰어 들어가 뜨거운 물을 맞으며 플라스틱 빗으로 긁으면 몸 구석구석에서 선홍빛 핏방울이 명자꽃잎처럼 터져 나왔다. 살이 쪄야 낫는 병인데 대꼬챙이가 되어갔다. 밤낮으로 악몽에 시달렸다. 집 안에서 유령이 걸어 다니는 소리가 났다. 무서워서 견딜 수 없었다. 아이가 학교 갈 때 함께 집을 나서면 종일 밖에서 떠돌다가 남편의 귀가 시간에 맞춰 들어갔다.

그날도 깜깜해져서야 집에 갔다. 잠자리에 들었을 때, 가방을 잃어버렸다는 것을 알았다. 해지한 적금이 들어 있던 손가방이었다. 집 밖으로 나가 놓아두었을 만한 곳을 더듬어보았지만 찾을 수 없었다. 뜬눈으로 밤을 새우다 새벽녘에 전화를 받았다. 처음 듣는 목소리가 가방을 잃지 않았느냐며, 아파트 잔디밭에서 주워서 경찰서에 맡겨두었으니 가보란다. 같은 아파트에 사는 주민이었다. 인사를 하러 집을 찾아갔다. 갈색 뿔테 안경 아래로 큰 눈망울을 가진 선한 눈매의 여인이었다. 곁에는 그녀를 꼭 닮은 어린 소녀가 손깍지를 끼고서 웃고 있었다.

"가방 주인이시죠? 들어오셔요."

평범한 인사말이 어찌나 따습게 들리던지 자석에 끌리듯 거실 바닥에 올라섰다. 열 명 남짓한 아주머니와 아이들이 모여 그림을 그리고 있었다.

"몇 달 전에 이사 오셨죠?"

그녀는 이미 나를 알고 있다는 듯 대답도 듣지 않고 손님들을 소개했다. 아이들 학습 품앗이 식구라며 '산수'와 '과학', '음악'으로 부르고는 자신은 '그림'이라고 했다. 그러더니 나도 초대하고 싶다는 게 아닌가. 언젠가부터 아파트에 나타나 온종일 밖으로 도는 나를 눈여겨본 모양이었다. 내가 혼란스러워하는 사이, 그녀는 새벽기도를 가던 남편이 가방을 주워 경찰서로 가져갔고, 내용물을 확인하다가 전화번호를 알게 되어 다행이라며 다시 한번 품앗이 식구로 지내자고 했다. 뜻밖의 제의였거니와, 그러자면 나도 한 과목을 맡아서 가르쳐야 하는데 의욕이 없었다. 무엇보다 그들이 나를 알고 있다는 사실이 당황스러웠다. 자리를 피하고 싶었다.

그녀는 집을 나서는 내 손을 잡으며 말없이 고개를 끄덕여주었다. 겨울 들판에 선 마른 수숫대 형색이었으리라. 그 후 하루가 멀다고 찾아와 우리 집 문을 두들겼고, 나도 품앗이 가족이 되었다. 무섬증에서도 조금씩 벗어날 수 있었다. 주말이면 음식을 나누었고, 아이들은 함께 논두렁을 달렸다. 겨울이면 아파트 앞 논바닥에서 엉덩방아를 찧으며 스케이트를 탔다. 나도 조금씩 몸무게를 늘려갔다.

아이들이 학교에 가고 나면 품앗이 식구들이 나를 부르는 소리가 창문을 타고 올라왔다. "구름산에 갑시다아!" 아침이면 녹초가 되고 마는 나를 일으키는 소리였다. 산에 올라 약수터에 앉아 있으면 소하리 논배미 너머로 전철이 지나갔다. 처음으로 광명에 집을 마련한 품앗이 식구들의 다음 꿈은 1호선을 따라 가장의 직장이 있는 서울로 가는 것이었다. 네 번의 봄이 지나는 동안 두 집이 이사했다. 그들을 보며 생각했다.

'나도 돌아갈 수 있을까?'

마지막으로 엑스선 사진을 찍었다. 왼쪽 폐의 위쪽, 꽤 넓은 부위에 하얀색이 선명했다. 결핵균이 머물렀던 자리라고 했다. 의사는 더는 폐 기능을 할 수 없으니 조심하라는 말로 무거운 완치 판정을 내렸다. 아파트 담장 위로 개나리가 노란 꽃망울을 틔우던 때였다. 그리고 그해 늦은 봄, 남편의 해외 근무 발령으로 우리도 그곳을 떠나왔다.

이십오 년이 지났다. 우려했던 후유증은 나타나지 않았다. 오진이었는지도 모르겠다. 허파의 기능이 떨어지기는커녕, 몸속 하얀 자리를 떠올리기만 하면 숨통이 트이고 눈이 환해지니 말이다. 마음으로도 숨을 쉴 수 있다는 것을 알게 되었다. 정기검진 날, 엑스레이 기계 앞에 서면 등 뒤로 들려오는 촬영 기사의 주문에 가벼운 설렘이 인다.

"숨을 크게 들이쉬시고……. 멈추세요. 찍습니닷!"

"찰칵!"

까만 필름에 찍힌 흰 자리가 또렷하다. 생의 찬 바람 몰아치던 그때, 따끈한 어묵 한 그릇을 받아든 것만큼이나 고마웠던 내 간이역의 흔적이다.

경기도 광명시 하안동 701번지. 하늘 아래 빛 밝은 땅, 광명 터. 고추바람 부는 날이면 그 따뜻한 빛 속으로 달려가고 싶다.

• 『에세이포레』 2019. 봄호

간종(間鐘)*

어스름 속에 종이 울렸다. 저녁기도를 알리는 소리였다. 우리가 묵을 방을 찾아갔다. 방바닥에 깔린 요 두 장이 눈에 들어왔다. 한 사람이 겨우 몸을 누일 수 있는 크기였다. 정갈하게 개켜진 하얀 천 위에는 흰 고무신 한 켤레와 목장갑, 종이 한 장이 있었다.

이곳에 머무는 동안 죽음을 맞이한다면 이 천 조각을 수의로 쓴다.

유언이었다. 서명을 하는데 손이 떨렸다. 모두 영원의 길을 떠날 때 입고 신고 끼고 갈 것들이었다. 끈질기게 쫓아오던 시시비비와 걱정들이 산화되어버린 느낌이었다. 다시 종이 울렸다. 이번에는 취침을 알리는 소리였다. 어둠 속으로 젖어 드는 풀벌레 울음이 생의

---

* 가톨릭교회에서 일의 중간마다 치는 종

마지막 밤을 예고하는 듯했다.

남편은 은퇴를 앞두고 안식년을 보내던 중이었다. 긴 여정을 마무리하는 시점이었지만, 새로운 일을 준비하느라 여전히 눈코 뜰 새 없었다. 뉴스는 연일 휴가 인파를 경신했다. 현직에서의 마지막 휴가를 뜻깊게 보내고 싶었다. 종교시설에서 운영하는 '농사 체험 캠프'를 알게 되었다. 2주나 되는 일정이라 망설였지만 꿈꿔오던 전원생활을 경험해볼 기회일 것도 같아 신청했다. 도착해 보니 우리 부부 외에 다섯 가족이 더 있었다.

첫날 주어진 일은 감자 캐기였다. 일행은 밭에 들어서자마자 경쟁이라도 하듯 호미질을 했다. 끝내야 할 일의 양이 정해진 것도, 수확물을 가져갈 것도 아니었다. 할 수 있는 만큼만 하면 되는 일이었는데 한순간도 허투루 흘려보내지 않으려는 몸짓들이었다. 평생을 여름 콩밭에서 잡초 뽑듯 최선을 다해 살아온 이력이 보였다. 굳게 다문 입은 묵언 수행 중인 수도승들 같았다. 한참 지났을 때 희미한 소리가 들려왔다.

"댕 대앵 댕……."

쉬는 시간을 알리는 간종이 울렸지만 감자 캐기를 멈추지 않았다. 간식 바구니를 이고 온 아이들이 손나팔로 참을 먹을 시간임을 몇 번이나 알리고 나서야 모두 밭에서 나왔다. 대바구니에 눈길이 갔다. '두 알씩이군!' 빠른 계산을 하며 삶은 감자 두 알을 집었다. 흙 묻은 손들이 부딪혔지만 어색한 웃음을 지을 뿐이었다. 감자를 먹고는 또 밭으로 들어갔다. 산밭은 다시 사각사각, 호미질 소리로 찼다. 모두는 함께 있다는 사실조차 잊은 것 같았다. 그렇게 이틀이 지났다. 사흘째 되던 날 오후, 간종이 울릴 때였다. 문득, 조회 때마다 작업반장이 일러주던 말이 떠올랐다.

"종소리가 들리면 일을 멈추고 일어서서 마음을 모으세요."

밭에서 일어나 머리를 조아리고 섰다. "꾸꾸루 꾸꾸." 산비둘기 울음이 들려왔다. 밭두렁 아래 시냇물에서는 꼬르륵 소리가 났다. 물뱀이 도랑 위로 목을 올렸다가 자맥질하는 모습이 그려졌다. 때맞추어 불어온 바람이 산밭에 종소리를 부지런히 날라다주었다. 고속 원심분리기에서 떨어져 나와 하늘을 나는 기분이었다. 감자밭에 웅크린 일행이 보였다. 누군가 나를 보고 멈칫했다. 그도 반장의 말을 떠올린 듯했다. 그가 일어나고, 모두 하나둘 호미를 놓고 밭고랑에 섰다.

밭에서 나와 참 바구니에 담긴 감자 한 알을 집어 들고 칡나무 아래로 갔다. 건초더미에 팔베개를 하고 누우니, 밀레의 〈낮잠〉 속 주인공이 된 듯했다. "토독 톡." 완두콩이 씨앗집을 여는 기척에 심연과도 같은 고요가 느껴졌다. 요람 속과도 같은 평화에 스르르 눈이 감겼다.

언제 왔는지 일행 한 명이 층층나무 둥치에 기대어 있었다. 남자의 젖은 등을 보며 나도 모르게 몸을 일으켰다. 목덜미에 굵게 접힌 주름에 눈길이 멎었다. 그 속에 갇힌 땀방울의 시간이라니. 조금 전까지만 해도 무심했던 관계에 무슨 일이 일어난 걸까. 목젖이 아려왔다. 찐 감자를 국물 없이 먹을 때처럼. 함께 있으면서도 서로를 모른다는 사실이 불편해지기 시작했다.

칡넝쿨이 꽃잎을 내리고 있었다. 벗어둔 고무신에도 자주꽃이 피어났다. 그는 눈으로 꽃잎을 헤아리는 것 같았다. 하나, 둘, 셋…….
나도 입술을 달싹거렸다. 새참 시간 내내 세었지만, 셈이 맞았던 적은 없었다. 꽃잎이 계속 내려 그와 나는 마주 보고 웃는 것으로 멈추었다. 그러고 나서야 한 사람이 내게 왔다.

마지막 날 밤, 달은 어느새 만월(滿月)이 되어 있었다. 다음 날이면 나도 길을 돌아 떠나왔던 길에 다시 설 것이었다. 취침 종이 울렸다. 할 수만 있다면 간종 소리를 보자기에 꼭꼭 싸서 보듬어 오고 싶었다.

안식년, 감자밭에서의 시간은 내 생의 특별한 간종으로 들려온다. 이제부터라도 자주 호미를 내려놓으리라. 길 위의 것들이 들려주는 종소리에 귀 기울이리라. 그리하면 나도 언젠가는 누군가의 가슴에 아슴푸레한 소리로나마 다다를 수 있을까.

오늘도 밤새가 운다. 취침을 알리는 간종 소리를 들으며, 나는 나의 수의가 될지도 모를 시트를 깔고 있다.

● 『좋은수필』 2020.7

노랑머리 새의 기억

— 윈 마웅 씨에게

미얀마는 아직도 우기인가요?

이곳에도 비가 내리고 있어요. 빗줄기 속에 꽃을 피운 부레옥잠이 연보랏빛 기억을 흔드네요.

생각나세요? 부레옥잠화가 피어나던 아마라푸라*의 나무다리 말이에요. 한국과 미얀마 작가들이 문학 행사를 마치고 달려간 곳이었지요. 40도를 오르내리는 무더위에 일행은 쉼터에서 눈바래기**나 할 생각이었던 것 같습니다. 다리를 걷고 싶어 한 사람은 당신과 나, 둘뿐이었지요. 초면인 당신과 왕복 2.4킬로미터나 되는 다리를 걸으려니 부담스러웠습니다. 얼마를 걸었을까요? 다리 중간쯤에서 당신이 에세이집 한 권을 내밀더군요. 아직 책이 없다는 내게 당신은 이야기로 듣고 싶어 하더군요. 내 수필을 말하려면 나의 어머니를 이

* 미얀마 만달레이주에 있는 도시

** 눈으로 배웅하기

야기해야 하는데 난감했어요. 당신과 나 사이에는 언어 장벽까지 있는데 말이에요. 그런데 참 용해요. 떠듬떠듬한 영어와 보디랭귀지로 전한 내 어머니를 듣고는 당신의 어머니 같다고 하더군요. 어릴 때 전쟁으로 아버지를 잃은 것, 아들을 기다리며 많은 딸을 낳은 것, 지독한 시집살이를 하며 노동으로 자식을 길러낸 일까지……. 신기하지 않나요? 일면식도 없는 먼 나라의 어머니들이 닮았다니요? 우린 한 어머니에게서 태어난 남매간일지도 모른다는 생각을 했어요. 당신은 막냇동생쯤 되겠군요.

1,086개나 되는 나무 기둥들이 160년 동안이나 호수에 서 있었다고요? 당신은 어느 기둥 앞에서 걸음을 멈추었어요. 사백사십칠이라고 읽었던가요? 기둥마다 고유번호가 있다는 걸 그때 알았어요. 그런데 그 글자가 숫자라고요? 아라비아 숫자만 생각했는데 그림으로 된 숫자가 있다니요, 신기했어요. 당신은 수첩을 꺼내 또박또박 써 보였어요. 아, 글자를 아래에서 위로 쓰다니요? 글자의 뿌리를 탄탄하게 하기 위해서라고 했던가요? 글자에도 뿌리가 있다는 말에 눈이 열리는 것 같았어요. 하긴 존재하는 것들은 모두 뿌리를 가지고 있지요. 나무기둥도, 어머니도요.

호수에 뿌리를 박고 선 기둥 하나하나가 세상의 어머니들처럼 보이기 시작했어요. 까막눈이인 내 눈에는 기둥에 적힌 글자들이 정순, 영자, 순덕…… 으로 읽혔어요. 호수에 박힌 후에는 물을 떠나지 못한 티크 기둥처럼, 나의 어머니는 어머니가 되고부터 평생을 우기 속에서 보내야 했지요. 티크나무는 물속에 있을 때 더 강해진다던가요? 어머니도 우기의 시간 속에서 더 단단해졌던 것 같아요. 물살들은 다리의 근육이 되었나 봅니다. 어머니들은 모두가 '다리'가 아닐까요? 우리는 '다리'를 거쳐 마른 땅으로 건너왔고요. 사람들이 난간 하나 없는 그 나무다리를 두려움 없이 걸어갈 수 있는 이유도 그 때문 아닐까요.

호숫가 풀밭에 누워 있던 나무기둥이 떠오르네요. 생을 다하고 뽑혀 나온 듯했어요. 바싹 마른 채로였지요. 움푹 팬 구멍들이 팔순인 내 어머니의 다리 엑스레이 사진 같더군요. 이승의 삶을 마감하는 날이면 어머니도 젖은 삶을 훌훌 벗어던질 수 있을까요? 기둥의 발치에 부레옥잠화를 놓아주고 싶었어요. 뿌리를 호수에 두고도 꽃으로 피어났으니 그보다 더 큰 위로가 있을까요.

어머니의 지나온 시간이 다리 위에서 어른거리는 것 같았어요. 우리 앞에서 자주색 가사(袈裟)와 롱지* 자락, 맨발과 쪼리를 신은 발들이 뒤섞이며 걸어갔어요. 미얀마의 스님들은 맨발이어야 한다고요? 모든 것을 발로 행하라는 뜻이라지요. 수도승으로 살든, 세속을 살든 저절로 살아지는 삶이 있을까요? 나무다리 위에서는 롱지와 가사 자락 모두가 한 권의 경전이었습니다. 끝까지 살아낸 삶은 다 경전이 아닐는지요? 문학의 본질도 행함에 있다는 당신의 말에 나도 고개를 끄덕였어요. 그러나 쓰면 쓸수록 행함이 많아야 할 것 같아 절필을 생각한 적도 있다던 말에는 우두커니가 되어야 했어요.

에멜무지로 떠난 여행이었습니다. 겨르로이 노닐다 망고나 실컷

---

* 미얀마의 남녀가 치마처럼 허리에 걸쳐 입는 옷

먹고 올 생각이었습니다. 그런데 난감하기만 합니다. "행함 없이 쓰는 것만으로는 문학이 될 수 없다."라고 한 당신의 말은 이제 겨우 문단 말석에 이름을 올린 내게는 가혹하기까지 합니다. 여행은 돌아오는 것이 아니라 돌아오지 않는 것이라고 했던가요? 나는 아직 아마라푸라의 나무다리 위에 서 있습니다.

아 참, 그 작은 새의 이름을 알 수 있을까요? 하얀 날개를 부레옥잠 위에 접고서 호수 깊숙이 긴 목을 꽂아 넣던 그 노랑머리 새 말이에요.

부디 안녕을!

2017년 8월 서울.

● 『좋은수필』 2017.8

샤갈의 마을에 들다

흙냄새가 났다. 짭조름한 내음도 났다.

어머니 손을 잡고 마을에 하나뿐인 화실로 처음 그림을 배우러 가는 어린 샤갈과 눈이 마주쳤다. 낯선 거리 풍경이 들어왔다. 세탁부와 굴뚝 청소부가 사는 집을 지나고, 아내가 파는 브랜디를 몰래 마시고 늘 말처럼 "히힝"거리는 마차 아저씨 집을 지나 샤갈의 집에 닿았다. 그의 아버지가 예언자 엘리야가 올 수 있도록 열어두라고 했다던 대문은 열려 있었다.

문 안으로 한 걸음을 들여놓았다. 동생 다비드가 켜는 만돌린 소리 속으로 〈할머니〉(no.4)의 나지막한 기도가 섞여 들고, 이제 막 청어 상점에서 인부 일을 마치고 돌아온 〈아버지〉(no.1)가 청어의 비린내를 씻어내는 목욕물 소리가 들려왔다.

화려한 빛의 색채를 만날 수 있겠다는 기대는 사라졌다. 채색화는 몇 점에 불과했고, 무채색의 삽화들이 오래된 흑백사진처럼 걸려 있었다. 무명 커튼 뒤로 드리워진 음영이랄까. 채화(彩畵)와도 같이 화려했을 줄로 알았던 한 예술가의 내면이 잿빛 실루엣으로 일렁였다. 색깔을 입지 않고 선이나 면으로만 표현된 이미지들에서 진솔함이 묻어났다. 7월의 어느 뜨거운 아침, 나는 '예술의 전당' 마당을 가로질러 눈이 내리는 샤갈의 마을 속으로 들어갔다.

무채색 삽화 사이에서 채색화 한 점이 눈에 띄었다. 〈비쳅스크 위에서〉라는 이름을 단 그림 속에서 지팡이를 들고 자루를 멘 한 남자가 유대교 회당이 서 있는 마을 위를 떠 다녔다. 루프트멘슈(Luftmensch). 돈 없고 발붙일 땅이 없어 공중에서 공기만 먹고 사는 사람이란다. 조국을 잃고 방랑하는 유대인을 상징한다는 해설을 듣는 순간, 어쩌면 그가 샤갈일지도 모른다고 생각했다.

'비쳅스크'는 샤갈의 고향으로, 러시아 정부가 지정한 유대인 거주 지역이었다. 다른 곳으로 가려면 허가증이 필요했을 정도로 폐쇄적인 작은 마을이었다. 학교에서 겪어야 했던 반유대주의적 정서도 이향(離鄕)을 부추겼을 것이다. 샤갈은 더 살았다가는 몸에 곰팡이가 슬 것 같다며 고향을 떠났다. 그 후, 딱 두 번 비쳅스크를 방문하는데 다시 찾은 고향은 그전과는 다른 느낌으로 다가왔다. 돌아온 탕아처럼, 그는 본디 그대로의 비쳅스크를 사랑하기 시작했다.

영원한 뮤즈이자 모델이었던 첫 번째 아내, 벨라(Bella Rosenfeld Chagall) 때문이었는지 모른다. 고향 다리 위에서 우연히 만난 두 사람은 첫눈에 빠져들었다. 꿈과 재능을 오직 샤갈을 위해 바친 벨라는 그때 이미 샤갈의 눈을 읽었다.

"두 눈은 뚝뚝 떨어져 있어서 작은 보트처럼 제각각 항해를 하는 것 같았어요."

벨라의 회상대로 세상을 사는 동안 샤갈의 두 눈은 늘 다른 곳을 향했다. 자신이 두 발을 딛고 있는 공간과 고향 비쳅스크, 현실과 이상 사이의 항해였을 수도 있다.

〈자화상〉(no.17) 앞에 멈췄다. 샤갈의 머리 위로 고향집이 있고, 가슴께에는 부모님과 아내와 딸이 있다. 36세 때 그린 그 그림은 평생의 예술세계를 예언하는 작품이 되었다. 정수리에 그려진 대로, 고향은 샤갈의 정신세계를 지배했다. 샤갈의 생애에서 중요한 것들은 다 고향에서 나왔다고 해도 과언이 아니다. 부모님과 아내 벨라, 사람과 동물을 사랑하는 하시디즘 역시 그랬다. 그는 러시아를 떠나 독일과 프랑스, 미국을 거쳐 다시 프랑스로 망명하며 유랑민으로 사는 동안 비쳅스크를 뼛속 깊이 새겼고, 작품으로 담아냈다.

위안이었다. 떠나온 지 50여 년이 지났지만, 나는 아직도 고향 섬길을 뛰어다니는 새벽꿈을 꾼다. 해넘이께면 '신섬' 앞바다에 내리던 황혼이 떠오르곤 한다. 시간이 흐를수록 내 영혼은 고향으로 다가가고 있음을 느낀다. 글을 쓸 때면 더욱더 그렇다. 나의 펜 끝은 무시로 고향에 닿는다. 그런 이유로 소재 빈곤과 유년에 머물러 있을지도 모를 문학적 한계에 대해 고민했던 적이 여러 번이었다. 샤갈을 만나고부터는 더는 신섬을 한계로 생각하지 않게 됐다. 오히려 영감의 뿌리가 되어줄 거라는 확신이 들었다.

스무 살에 꿈을 위해 삼등칸 열차에 몸을 싣고 상트페테르부르크로 갔던 샤갈처럼, 나는 일곱 살 때 도선을 타고 뭍으로 나왔다. 고등학교는 신섬에서 더 멀리 떨어진 진주로 갔다. 졸업식이 끝나고는 줄행랑치듯 서울행 야간열차를 타고 열세 시간을 달려 천 리 길로 유학을 와버렸다. 기울기 시작했던 아버지의 사업은 아랑곳하지 않았다. 아홉 남매의 맏이이면서도 집안의 짐을 아버지에게 다 맡기고 떠났던 샤갈처럼, 칠 남매의 맏자식으로서 져야 할 짐을 내팽개친 채 고향집을 떠나왔다. 도시에서 사는 동안 고향을 잊다시피 했다. 잊으려고 애를 썼다.

언젠가부터 신섬이 부르는 소리가 들려왔다. 도시의 삶에 지쳐가던 때였다. 가끔은 생명 대신 주검을 띄워 올리고 선한 사람들의 절규조차 삼키던 비정했던 고향 바다가, 그토록 큰 슬픔에도 바다로 향하던 고향 사람들의 모진 삶이 새록새록 그리워졌다. 원래의 나에게서 너무 멀리 와버렸다는 것을 알았다. 돌아가고 싶었다. 세상에 내디딘 나의 첫발자국도 섬길 어딘가에 한 장의 삽화로 새겨져 있을 것이었다. 그곳에서는 원형의 나를 무한정 복사할 수 있으리라.

샤갈에게서처럼, 내게 소중한 것들은 고향에서 왔다는 것을 깨닫게 되었다. 믿음도 꿈도 사랑도……. 첫 배움도 신섬 사람들이 믿었던 원시 신앙에서 받았다. 인간은 약하기에 돕고 살아야 하며 돌멩이 하나, 나무 한 그루, 풀 한 포기에도 정령(精靈)이 있어 존중해야 한다는 가르침이었다. 가난했지만 작은 것 하나라도 나누려던 마음도, 악다구니질로 죽일 듯 싸우다가도 태풍 앞에서는 함께 지붕을 얽어매고 배를 묶던 손길도, 풍어제를 하는 날이면 무릎을 맞대고 올리던 비손질도.

고향을 되새김질하는 샤갈을 두고 피카소는 왜 러시아로 돌아가지 않느냐고 빈정댔다가 결별하고 만다. 샤갈은 비쳅스크로 가는 대신, 고향을 위해 할 수 있는 일을 하기로 했고, 그곳의 노인과 랍비, 떠돌이 같은 가난한 유대인들을 그리며 그들에 대한 사랑을 세상에 알렸다.

나도 떠나온 이상, 잘 살아야 했다. 신섬에 남아 신섬을 지키는 사람들을 생각하면 어디서건 뿌리를 내리고 치열하게 살아야 했지만 그러지를 못했다. 고향을 떠나온 뒤로 나는 늘 경계인이었다. 나의 언어는 경상도 토박이말에 서울말이 섞인 정체불명의 혼잣말이었고, 영혼은 정착하지 못한 채 떠돌이로 살았다. 숱한 버림을 받으면서도 고향은 어디를 가나 나를 따라다니며 제 속의 것을 무상으로 내어주었다. 미안했다. 고향으로부터 받은 것은 아무리 써도 없어지지 않았다. 적게나마 나누고 싶었다. 그것이 내 작은 문학의 시작이었다. 내게도 샤갈처럼 고향을 더 써야 하는 책무가 생겼다.

샤갈을 만나며 삽화에 대한 생각이 바뀌었다. 책 내용의 이해를 돕기 위해 끼워 넣는 밑그림 정도로 여기던 것을, 온전한 예술작품으로 받아들이게 되었다. 아무리 작은 삶도 다른 삶의 수단이 될 수 없으며, 그 자체로 최선이라는 깨우침이었다. 무채색의 시간은 화려하게 채색되기 전에 소박하게 존재하는 원형(原型)의 시간이며, 고향은 누구에게나 샤갈의 삽화처럼 무채색의 시간으로 실재한다는 발견도 새로운 눈뜸이었다. 고향에 뿌리를 두고 살아간다는 것은 자신의 운명을 오롯이 보듬는다는 뜻 아닐까.

"삶이 언젠가는 끝나는 것이라면 사랑과 희망의 색으로 칠해야 한다."고 했던 샤갈. 그는 1차 대전과 2차 대전, 러시아혁명과 반유대주의의 광풍을 겪는 순간에도 고향을 사랑했고, 그 사랑을 세상을 향한 보편적 사랑과 희망으로 승화시켜 열정적으로 그려냈다. 그리고 그의 친구가 말한 대로, 모든 에너지를 다 쓰고 닳아 없어지듯이 세상을 떠났다.

작별의 인사였을까. 고향을 향한 샤갈의 고백이 들려왔다.

"나의 고향 비첍스크야. 비록 지금 나는 너를 떠나 있지만 내 작품에 너와의 기쁘고도 슬펐던 추억이 반영되지 않은 적은 단 한 번도 없었단다."

자신의 생애에는 한 명의 스승도 없었다던 샤갈. 비첍스크야말로 샤갈의 유일한 스승이 아니었을까. 내게 신섬이 그렇듯이. 전시장을 찾았을 때 느껴지던 짠 내음은 내 고향 신섬의 냄새였다.

●『인간 · 철학 · 수필』 2020.9

조율사(調律師)

이른 봄을 마실 나온 햇살 한 조각이 하얀 건반을 베고 비스듬히 누워 있다. "띵. 띠이잉." 여러 번의 두드림에도 침묵하고 있는 흰색 건반 '솔', 제 소리의 높이를 기억할 수 없다. 옆지기 '파'와 '라'의 중간쯤이었으리라. 엄지와 중지의 지문이 기억하는 어렴풋한 자리를 더듬더듬 찾아간다.

조율사가 왔다. 목발을 짚은 그를 따라 그의 아내도 함께 왔다. 한쪽 다리를 절뚝이며 한 손에 큰 가방을 들고 다른 손으로는 남편을 부축하는 모습이 힘에 겨워 보였다.

조율사는 건반을 눌러 현의 울림을 들었다. 청진기를 대듯 심장의 박동으로 혈류를 감지하고 숨소리로 심폐 기능을 진단했다. 쿨럭쿨럭. 시기를 놓친 폐렴처럼 쇳소리 같은 기침이 새어 나왔다. 공명판에 탈이 난 모양이었다. 피아노를 해체하기 시작했다. 집안은 '수술 중' 사인이 켜진 수술실 같았다. 나는 가족의 수술대를 지키는 마음으로 조율하는 모습을 바라보았다. 간간이 들려오는 나무망치 소리는 사뭇 경건하기까지 했다. 침묵에 소리가 있다면 그 소리였을 게다.

부부는 조율의 과정을 공유하고 있었다. 안방과 거실로 떨어져 있는데도 서로의 눈빛을 읽고 있는 듯했다. 말이 없어도 제때 다가가 도움을 주는 곡진한 모습은 강약이 잘 짜인 악보의 한 소절 같았다. 독일 병정을 닮은 남편의 포르테와 산토끼처럼 귀를 쫑긋 세우고 깨금발을 옮기는 아내의 피아니시모가 이룬 완벽한 하모니였다.

얼마 전에 만난 친구가 생각났다. 원룸으로 초대한 그녀는 별거중이라고 했다. 늦가을 낙엽같이 바스락거리는 소리가 났다. 나는 멍해졌다. 가출까지 감행한 결혼이었다. 서울 부잣집 외동딸과 가난한 농가 장손의 만남은 캠퍼스에 순애보를 남겼다. 결혼 후, 그녀의 나날은 남편에게만 고정되어 있었다. 그랬던 그녀가 변했다. 일 년 전, 남편이 회사에서 최고의 자리에 오르면서부터였다. 비서가 남편을 도우면서 우두커니 서 있는 날이 많아졌다고 했다. 한층 패기 넘쳐 보이는 남편을 인정할수록 자신은 초라해지는 것을 느꼈다고도 했다. 그런 자신을 이해할 수 없다고 했다가, 남의 삶을 산 것 같다며 울음을 터뜨렸다. 남편도 아내를 이해하기는커녕 결백만을 주장했단다. 최선을 다해 달렸을 뿐인 그로서는 황당했을 수도 있었겠다. 결국, 그는 아내의 완강한 별거 제의에 응하고 말았다.

방 한구석에 놓인 피아노가 눈에 띄었다. 얼마 전에 친정어머니 초상을 치르고 결혼 전에 자신이 치던 피아노를 가져왔다며, 결혼과 함께 전공을 묻어버린 자신을 안타까워하던 어머니에게 미안하다고 했다. 그제야 나는 그녀가 피아노를 전공했다는 사실을 기억해냈다. 건반을 누르더니 그녀는 금세 손사래를 치고 말았다.

"너무 방치했었나 봐. 소리가 안 나."

동창들이 전업주부인 처지를 한탄했을 때도 굳건했던 그녀였다. 친구들이 오래전에 겪었던 상실(喪失)을 그녀는 지금 앓고 있었다. 친구를 혼자 두고 오는 발길이 무거웠다.

피아노는 벌써 여섯 시간째 조율 중이다. 88개의 건반과 200개가 넘는 현을 가진 피아노는 조화로운 음역으로 '악기의 대명사'로 불린다. 사람의 몸도 수천 개의 기관이 만들어내는 어울림으로 생존을 이어간다. 개인에 따라 차이가 있지만, 성인의 뼈는 206개이고 관절은 300개 이상, 근육 수는 그보다 훨씬 많은 650개 이상이다. 혈관의 길이는 120,000여 킬로미터로 지구를 세 바퀴나 돌 수 있을 정도라고 한다. 인간의 몸은 수십억 인구 중에 똑같은 세포를 가진 사람이 한 명도 없을 만큼 정교한 악기다. 부부로 만난다면 살아가는 동안 얼마나 많은 횟수의 조율이 필요한 걸까.

조율사는 피아노의 외장(外裝)을 살폈다. 이음 나사가 떨어져 나간 악보대는 손을 내밀다 만 듯 엉거주춤하고, 의자는 제 몸 하나 가누기도 힘든 지경으로 기우뚱거린다. 이십여 년을 옮겨 다녔으니 수난의 흔적이 역력하다. 힘든 수술을 끝내고 환자를 인도하는 심정이었으리라.

"보물입니다. 세상에서 하나밖에 없는 소리지요."

"……."

과분한 칭찬에 놀란 나는 겉면의 상처도 없앨 수 있는지 물었다.

그 정도는 쉽게 고칠 수 있을 것 같았다. 그는 들고 있던 면 수건으로 꽤 오래 상처를 어루만졌다.

"흠집은 조심해서 고쳐야 합니다. 무리해서 없애다 보면 고유음을 잃고 말지요. 소리 속에는 상처의 크기와 무게까지 다 들어 있기 때문입니다. 부부 사이도 그렇지요."

그들 부부의 삶이 궁금해졌다.

"두 분 사이에 특별한 조율의 방법이 있나요?"

그들도 긴 조율의 시간을 보냈다고 했다. 남편은 결혼 초, 사고로 다리를 잃었다. 마음에도 큰 병이 왔다. 몇 년 동안 방바닥만 지켰다. 생계를 대신한 아내의 정성도 외면할 뿐이었다. 어느 날 귀갓길에 아내는 교통사고를 당하고 말았다. 오랜 치료에도 다리는 정상으로 돌아오지 않았다. 대신, 연이어 찾아온 불행은 남편을 돌아오게 했다. 피아노 치기를 즐겼던 그에게 아내는 함께 피아노 조율을 배우기를 권했다.

그가 상기된 얼굴로 건반을 눌렀다. 〈종달새의 비상〉*이었다. 붉어진 귓불 곁으로 종다리 한 마리가 포르르 날아올랐다. 아내의 단아한 눈빛이 남편의 눈길을 따라 새가 날아간 창문을 넘어갔다. 부부의 모습이 황혼 녘에 쟁기질을 끝내고 산비탈에 서 있는 겨리소처럼 정다웠다. 부부란 삶의 파고(波高)에서 생긴 흠집까지도 보듬어 세상에서 가장 애틋한 소리를 만들어가는 조율사들이 아닐까.

오케스트라 단원들은 연주에 앞서 늘 악기를 튜닝한다. 한시도

---

* The Lark Ascending. 랄프 본 윌리엄스의 곡

쉬지 않고 자신을 스스로 변주(變奏)시키는 소리의 성질 때문이다. 친구네 부부에게도 튜닝이 필요할 게다. 처음엔 불협화음의 고통을 감수해야 할 테지만 조율의 시간을 거치고 나면 변형되기 이전의 소리를 찾을 수 있을 거다. 어쩌면 그들은 벌써 튜닝을 시작했는지도 모른다. 별거는 조율을 위한 잠깐의 해체일 뿐이니까.

이 밤에도 친구는 잃어버린 음(音)을 찾아 건반을 더듬거리고 있을 테지. 친구를 도와주고 싶었다. 전화를 걸었다.

"얘, 조율사를 보내줄게."

● 『매일신문』 2015.1

다시 찾은 유년의 몽당연필

어린 날의 발막 마당이 떠오릅니다.

새벽 바다에서 건져 올린 멸치가 삶기는 동안, 어머니가 몽돌로 써놓은 '가갸거겨'를 공책에 베껴 썼습니다.

자주 연필을 잃어버렸습니다. 어느 날 손가락을 빠져나간 몽당연필은 영영 돌아오지 않았습니다.

글자를 다 담아내지 못한 공책처럼, 제게 온 시간들을 온전히 보듬지 못한 채로 살았습니다. 한 번도 내 안에 들인 적 없어 밖에서 떨고 있을 저의 한뎃것들에게 미안합니다.

신문사에서 소식이 왔던 그날 밤, 전화기가 고장났습니다.

"참, 오래 버텼네요."

수리공의 말에 짠해졌습니다. '쓰라.'는 한마디를 전해주려고 버텨온 듯했습니다.

• 『매일신문』 당선 소감 중에서

대상애와 가족애의 화음

맹문재

1

박금아의 수필들은 대상애를 지향하는 가족애의 의의와 가치를 여실하게 제시해주고 있다. 가족애는 수많은 작가가 추구해온 주제이지만, 박금아의 작품들은 견고한 구성(plot)으로 구체성을 확보해 깊은 울림을 준다. 또한 토착어와 일상어의 활용으로 관념성을 극복하고, 감각적인 묘사로 밀도 높은 이미지를 창출하고 있다.

전통적으로 한국의 가족은 혈연으로 맺어진 집단으로 유교주의 사회의 질서를 이루는 토대였다. 부계 혈통의 체제에서 효와 조상 숭배를 추구하며 가문의 영속을 지향한 것이다. 그리하여 개인의 가치보다는 가족의 규범과 친척 간의 친밀감을 중시했다.

그런데 산업사회의 도래로 말미암아 전통적으로 이어져온 한국의 가족제도는 급속히 와해되었다. 도시 생활을 영위하는 데 유리한 핵가족 제도가 형성되면서 효 사상을 기반으로 하는 가부장제가 무너진 것이다. 그 대신 가족 구성원들 간의 수직적인 관계가 수평적인 관계로 바뀌면서 공동체의 가치보다 개인의 가치와 생활 방식이 중요하게 되었다.

그렇지만 한국 사회에서 가족의 전통이 완전히 소멸한 것은 아니다. 가족 구성원들은 가족에 대해 "사랑, 삶의 활력소 등의 의미로 생각하"는 것을 넘어 "내가 지켜야 할 사람들, 희생을 해서라도 감싸 안아야 할 존재"*들로 인식하고 있다. 사회의 변화에 따라 가족의 개념이 바뀌었지만, 여전히 전통적인 가족 정서가 유지되고 있는 것이다. 박금아의 수필들은 이와 같은 가족애를 재발견하고 있다. 가족애를 심화하고 있을 뿐만 아니라 대상애로 확장한다.

2

서리가 내리는 밤이었다. 보름을 갓 지난 달은 거울 속 같았다. 상강을 지난 때여서 들녘엔 채 거두지 않은 서속과 수숫대가 무거운 머리를 숙이고 있었다. 돌감나무와 산수유, 산사나무의 붉은 열매들이 달빛에 얼굴을 씻는 소리가 났다. 산국 향이 짙었다. 때론 여우가 나타난다고 하여 '여시고개'라고도 불리던 말티고갯길. 고개 모롱이엔 돌아가시기 전 외증조할아버지의 수염을 닮은 억새가 늦가을 밤을 근엄한 빛으로 흔들었다.

억새밭을 지나면 환삼덩굴밭이었다. 괴기스레 헝클어진 마른 넝쿨이 아재의 바짓가랑이를 와락 끌어당길 것만 같았다. 평소에는 아재

---

* 전종미, 「'가족' 개념에 관한 질적 연구」, 성신여자대학교 대학원 가족문화 · 소비자학과 석사학위 논문, 2003, 81~82쪽.

처럼 다정하기만 하던 상수리나무도 그 밤엔 가량없는 몸짓으로 나 몰라라 하늘만 바라고 섰다가는 가분재기 여우 울음까지 불러들였다.

"워이리 휘……. 위이리 위……."

내 팔이 아재의 목을 끌어안으면 웬일인지 아재도 몇 번 헛기침을 했다. 그러면 대답이라도 하듯 저편에서 다시 여우 소리가 들려왔다.

—「길두 아재」 부분

작품의 화자가 예닐곱 살 때 외할머니와 당신의 친정붙이였던 "길두 아재"를 따라 증조 외할아버지의 제사에 가는 장면이 눈에 선하다. 늦가을 밤에 이십 리가 넘는 산길을 짐을 지고 왕래하는 일은 만만하지 않다. 더욱이 여우가 "워이리 휘……. 위이리 위……." 하며 울며 따라와 어린 화자는 물론 외할머니와 "걱실걱실하던 아재도 무서"움을 느꼈다. 외할머니와 아재가 무서움을 느낀 이유는 여우 때문만이 아니라 "육이오 전쟁통에 집을 나선 후 돌아오지 않고 있던 외할아버지"가 있었기 때문이다. 이승만 정부와 박정희 정부는 반공 이데올로기를 무기로 삼고 자신의 정권에 반대하는 사람들을 탄압했는데, 그 분위기가 두메산골까지 퍼져 있어 밤길에서 듣는 여우 울음이 한층 더 무서움을 불러일으킨 것이다.

"외할머니의 머리 위에는 정성스레 쪄낸 민어 광주리가, 허리춤에는 들기름에 노릇노릇하게 지진 국화전 소쿠리가 들려 있었"고, "아재가 진 바지게 안에는 제사상에 올릴 몇 됫박의 햅쌀과 그해 과수원에서 수확한 잘 여문 조조리 배와 국광 몇 개가 실"려 있었다.

정성을 다해 제사상을 차리는 의례야말로 가족애의 토대이다. 어린 손녀를 증조 외할아버지의 제사에 참여시킨 것도 그러하다. "솜 넣은 포플린 치마저고리를 입"혀 아재의 바지게에 제물처럼 담아 간 것은 조상 섬기는 것을 익히려는 외할머니의 속 깊은 뜻이 들어 있었다. 친척들 간의 교류를 통해 친밀감을 키우려는 것은 결국 조상이 지켜온 가문을 후손이 이어주기를 희망한 것이었다.

어린 화자에게 "길두 아재"는 수호신 같은 존재였다. 화자가 쌀쌀한 날씨에 먼 길을 오느라고 피곤해서 증조 외할아버지의 제사도 못 지내고 잠에 떨어졌다가 깨어났을 때, "길두야, 가을걷이를 끝내는 대로 어푼 집으로 오니라. 올개는 꼭 혼례식을 올리야 한대이."라는 어느 어른의 말을 듣는 순간 눈물을 흘린 모습에서 여실하다. 아재가 자신의 곁을 떠나는 일은 받아들일 수 없는 것이었다.

아재는 사람 놀려먹기 선수처럼 목말을 태워준다면서 화자를 "번쩍 들어 머리 위에서 빙빙 돌리다가 장독대 곁 감나무 가지에 얹어 놓"거나, "정화수 종지가 놓인 대청마루 시렁 위에 올려놓"았다. "살짝만 움직여도 감나무 가지가 "뿌지직" 하고 부러져 내리고, 종지가 떨어져 산산조각이 날 것만 같"아 "옴짝달싹 못하고 쩔쩔매다가 "앙!" 울음을 터뜨리면 그제야 아재"는 장난을 끝냈다. 그만큼 어린 화자를 친밀하게 껴안아준 것이다. 화자가 "공기놀이할 때나 고무줄놀이, 자치기를 할 때면 늘 짝이 되어주었"고, "겨울 산의 토끼몰이나 여름날의 물놀이"(「별똥별」)를 함께해주었다. 화자가 우물 속에 빠졌을 때 우물 벽을 타고 내려가 건져 올린 생명의 은인이기도 했다.

위의 작품에서 눈길을 끄는 것은 감각적인 묘사이다. "보름을 갓 지난 달은 거울 속 같았다. 상강을 지난 때여서 들녘엔 채 거두지 않은 서속과 수숫대가 무거운 머리를 숙이고 있었다. 돌감나무와 산수유, 산사나무의 붉은 열매들이 달빛에 얼굴을 씻는 소리가 났다." 같은 문체는 음력 시월의 두메산골 밤 풍경을 선명하게 펼쳐 보인다.

"어린 말이 벌레를 쫓느라 꼬리로 제 몸을 치는 소리가 적막하기만 하다. 잔등을 쓰다듬을 때면 말은 어미를 부르듯 큰 눈망울을 들어 저편 하늘로 "히힝!" 소리를 날려 보냈다. 그곳 말 울음소리가 닿는 곳에서는 무화과나무가 자라고 있었다."(「무화과가 익는 밤」) 같은 묘사 또한 공감각을 불러일으킨다.

"밤중을 지난 무렵인지 죽은 듯이 고요한 속에서 짐승 같은 달의 숨소리가 손에 잡힐 듯이 들리며, 콩 포기와 옥수수 잎새가 한층 달에 푸르게 젖었다. 산허리는 온통 메밀밭이어서 피기 시작한 꽃이 소금을 뿌린 듯이 흐뭇한 달빛에 숨이 막힐 지경이다."(이효석, 「메밀꽃 필 무렵」)라는 묘사 못지않은 문체의 미학을 성취하고 있다.

3

어머니에게는 선택이란 없었다. 날씨를 고를 수 없듯이 당신의 나날은 무조건 살아내야 하는 당위였다. 젊은 날 나는, 삶은 내 의지로 선택하고 버릴 수 있는 것이라고 생각했었다. 궂은 날조차 운명으로 받아들이는 어머니가 불쌍했다. 어머니처럼 살지는 않겠다고 마음먹었다.

어머니는 그 많은 풍상의 날을 어찌 다 감당했을까. 태초의 시간을

> 녹이며 돌진해오는 용암조차 기꺼이 받아 안는 바다처럼, 어머니는 자신을 향해 달려오는 용암의 날들을 온새미로 보듬어 날씨 그 자체가 되어버렸는지도 모르겠다. 그리하여 빛이라곤 찾을 수 없이 깜깜한 날에는 당신 스스로 해가 되고, 빛이 넘치는 날에는 그늘이 되어 집안 식구들을 모아들였을 거다.
>
> 일기장을 포개어놓고 보면 거대한 단층애(斷層崖) 앞에 있는 것 같다. 어머니 생애의 단층들을 경외감으로 바라본다. 비바람은 물론이고 천둥과 번개까지 풍상의 날들이 오묘한 각도로 층층이 쌓였다. 일기장 속 하루하루가 모여 우리 집을 이루는 바위벽이 되었을 것이다.
>
> —「단층애(斷層崖)」 부분

언제나 날씨로 시작하는 "어머니"의 일기장은 이순신 장군의 『난중일기』를 떠올리게 한다. 이순신 장군은 일기를 쓸 때마다 날씨를 맑음, 흐림 등으로 간략하게 적기도 했지만, "큰비가 내리다가 오전 10시경에 갰으나 이따금 보슬비가 내렸다", "맑았으나 바람이 세게 불어 배가 다니지 못했다", "눈비가 섞여 내리고 서북풍이 크게 불어 간신히 배를 건넜다" 등으로 자세하게 적었다. 화자의 어머니 또한 일기장에 맑음, 흐림, 비 등으로 간단히 적기도 했지만, "마파람이 분 날", "해일이 덮친 날"처럼 구체적으로 적었다. 어머니에게 날씨는 중요한 관심사였던 것이다.

이순신 장군이 날씨를 꼼꼼하게 기록한 것은 자신에게 주어진 하루하루를 운명으로 여기고 최선을 다한 징표라고 볼 수 있다. 수많은 전쟁에서 증명되듯이 날씨를 파악하는 것은 매우 중요한데, 해전에서 특히 그러했다. 제2차 세계대전 당시 연합군이 날씨를 정확하게 파악해 노르망디 작전에 성공한 것이 그 단적인 예이다. 이순신 장군은 절대적으로 열악한 여건에 처해 있었지만, 나라와 백성을 향한 충성심으로 잇따라 대승을 거두어 명장이 되었다.

화자의 어머니 역시 위대한 삶의 명장이었다. "용현 산골에 살았던 어머니는 열아홉 살 때 한 살 아래의 아버지와 혼인해서 섬으로 갔다. 청춘에 남편을 떠나보내고 딸들과 함께 살림을 지켜낸 외할머니는 친척이 놓아준 둘째 딸의 혼처를 놓치고 싶지 않"아 "신랑이 서자(庶子)라는 것이 걸렸지만 부잣집 장남이라는 말에 떠밀다시피 보냈다". 그렇지만 외할머니의 기대와는 달리 어머니의 결혼 생활은 힘들었다. "수십 명이 넘는 뱃사람들과 층층시하 식구를 건사하느라 허리가 휠 정도였"고, "서자 장남을 남편으로 둔 아내 자리는 마음마저 휘게 했다". 그렇지만 "어머니에게는 선택이란 없었다. 날씨를 고를 수 없듯이 당신의 나날은 무조건 살아내야 하는 당위였다". 어머니는 그 많은 풍상의 날들을 "온새미로 보듬어 날씨 그 자체가 되어버렸"다. "빛이라곤 찾을 수 없이 깜깜한 날에는 당신 스스로 해가 되고, 빛이 넘치는 날에는 그늘이 되어 식구들을 모아들"인 것이다.

십수 척의 배를 소유하고 있으면서도 서자라는 이유로 너무 적은 유산을 물려주려는 할아버지에 반대하는 집안 어른들의 큰소리가 연일 담장을 넘자 화자의 어머니는 "아부이예에, 11호만이라도 고맙습니다아"(「적자(嫡子)」)라는 감사의 인사로 사태를 수습했다. 자식 교육에도 대단한 열정을 보여 화자가 "학교에 갈 나이가 되어서는 삼천포 친할머니댁으로 보냈"다. 섬에도 학교가 있었지만 더 큰 공부를 위해 육지로 내보낸 것이다. 또한 "고등학교는 서부 경남의 교육도시, 진주로", "대학은 서울로"(「태몽」) 보냈다. 1970년대에 딸을 시골에서 서울로 유학 보내는 일은 쉽지 않았지만, 어머니는 기꺼이 해낸 것이다.

어머니는 "살다 보면 자식이 지팡이가 되어 좋은 세상으로 데려다 줄 끼다."(「어머니의 지팡이」)라는 믿음으로 자식을 키웠다. 일곱이나 되는 무거운 짐을 오히려 지팡이로 삼은 것이다. 어머니는 유교주의 질서 속에서 자신에게 주어진 임무를 기꺼이 감당했다. 한 가정의 살림을 책임지고 가족들을 챙겼으며 자녀교육을 기꺼이 수행한 것이다. 한평생 헌신하고 자애를 베푼 어머니는 부드럽고 인자하면서도 강하고 엄하고 끈질기다. 그렇기에 어머니는 스스로 권위를 내세운 적이 없지만, 화자는 위대한 존재로 인식하고 가족애는 물론 대상애의 거울로 삼는다. 시어머니의 삶에서도 마찬가지이다.

> 결혼 다섯 달째, 첫 아이를 뱄을 때였다. 입덧이 심했다. 처음으로 친정엘 다녀오고 싶다고 했더니 어머님의 입에서 "미친년!"이라는 소리가 튀어나왔다. 겨우 봉합된 마음에 다시 금이 가고 말았다. 그 말이 남도 어느 지방에서는 애칭으로도 쓰인다는 이야기는 한참 뒤에 들었다. 도망치듯 친정으로 갔다. 부모님의 설득으로 한 달 만에 시가로 돌아오긴 했지만, 마음에 빗장을 쳐버렸다.
>
> 그 일이 있고 얼마 후, 어머님은 의식을 잃고 중환자실로 실려 갔다. 나는 임신 7개월의 몸으로 병원에서 한 달 넘게 곁을 지켰지만, 당신의 진짜 모습을 알아보지 못했다. 어머님은 운명하기 직전에 기적처럼 딱 한 번 눈을 떴다. 네 명의 남자들 사이에서 나를 알아보고

는 손을 내밀었다.

"아가야, 미안하다. 가족들을 부탁한다."

—「매발톱꽃 앞에서」 부분

작품의 화자는 임신으로 입덧이 심해 "처음으로 친정엘 다녀오고 싶다고 했"는데, 시어머니로부터 "미친년!"이라는 대답을 들었다. 화자는 시어머니의 그 대답에 이루 말할 수 없는 섭섭함이 들어 당신에 대한 존경심을 거두어들였다. 화자는 "그 말이 남도 어느 지방에서는 애칭으로도 쓰인다는 이야기"를 한참 뒤에야 듣게 되었다. 며느리의 처지를 같은 여성으로 잘 이해한다는 의미의 역설적인 표현이었는데, 화자는 시어머니의 그 사랑을 깨닫지 못했다. "그 일이 있고 얼마 후, 어머님은 의식을 잃고 중환자실로 실려" 가 시간이 절대적으로 부족했던 것이다.

시어머니의 며느리에 대한 속 깊은 사랑은 당신의 마지막 순간에 빛났다. "어머님은 운명하기 직전에 기적처럼 딱 한 번 눈을 떴"는데, "네 명의 남자들 사이에서 나를 알아보고는 손을 내밀"고 "아가야, 미안하다. 가족들을 부탁한다."라는 유언을 남겼다. 화자는 시어머니의 처음이자 마지막인 그 만남을 통해 친정어머니와 마찬가지로 자식 사랑이 얼마나 깊은지 깨달았다.

4

초보 색소포니스트의 되풀이 연습에 맞춰 따라 흥얼거리다 보니 목울대가 뜨거워진다. 웬일인가. 내게는 애당초 있어본 적도 없던 '오빠', 그래서 한 번도 불러보지 못한 '오빠'가 아닌가. 그런데 그 '오빠'가 갑자기 서럽게 느껴지면서 그리워지기까지 한다. 이 겨울이 가고 나면 새봄이 올 테지. 눈 녹은 자리엔 새잎 돋고 새가 날아들 테지. 뜸부기 울고 뻐꾸기 울 테지. 그맘때면 나의 '오빠'도 잃었던 말을 찾을 수 있으려나.

—「오빠 생각」 부분

위의 작품의 "오빠"는 방송기자 생활을 30년 넘게 했다. 그러던 어느 날 논설위원 자리에서 티브이 주조정실로 발령을 받았다. 그 이유는 회사의 방침과 다른 말을 해 경영자들의 눈 밖에 난 것이었다. 그것은 "언론사에 입사할 때부터 예정되었던 것인지도 모를 일이었다. 그는 '알릴 의무'와 '보도지침' 사이에서 늘 고민했다. 목소리를 내자면 한계를 실감했고, 침묵하자니 양심이 허락하지 않았"던 것이다.

회사가 새로운 자리로 발령한 것은 사실상 권고사직이어서 "오빠"는 집에서도 말을 잃었다. "매일 하던 산행도 달리기도 뜨문뜨문해지더니 그조차 멈춰버렸다."(「피아노가 있던 자리」). 화자는 남편이 회사에서 처신하는 일이 얼마나 힘든지 알고 있었지만, 남편을 대신해줄 수 없었기에 애만 태우며 지냈다. 그러다가 집 근처의 문화원에 개설된 색소폰 강좌를 발견하고 수강하기를 권유했다.

색소폰을 배워 자신감을 회복하는 일은 쉽지 않지만, 남편은 묵묵히 수행하고 있다. 화자는 그 모습에 감동해 "초보 색소포니스트의 되풀이 연습에 맞춰 따라 흥얼거"려보는데, 목울대가 뜨거워지는 것을 느낀다. "애당초 있어본 적도 없던 '오빠', 그래서 한 번도 불러보지 못한 '오빠'가" 떠올라 서럽게 느껴지면서 그리워지기까지 한다. 화자는 겨울이 가고 나면 새봄이 올 것을 믿듯이 "나의 '오빠'도 잃었던 말을 찾을" 날이 오기를 기대하는 것이다.

> 온 집안 식구가 함께 아기를 낳은 것 같았다. 어느새 모두는 새 이름을 받았다. 우리 부부는 할아버지, 할머니가 되었고 딸은 고모가 되었다. 두 시동생은 작은할아버지가, 다섯 명의 여동생은 이모할머니가 되었다. 이종과 고종, 육촌과 사돈, 그 사돈의 팔촌도 새 이름을 얻었다. 친척뿐 아니다. 숫자로만 기억되던 사람들이 누구누구네 옆집 아줌마가 되고 아랫집 아저씨, 윗집 누나가 되었다.
>
> —「놀란흙」 부분

> 신혼집을 구하다 온 아이는 궁금해하는 나를 세워두고 샤워부터 하겠다며 목욕탕으로 뛰어 들어갔다. 조건에 맞는 집을 구하느라 며칠째 다니면서도 힘든 기색이라고는 없다. 시집을 간다니 기쁘기 그지없지만 걱정도 된다.
>
> —「휘파람새」 부분

사회구조의 기초 단위인 가족은 결혼과 혈연을 통해 범위를 넓힌다. 한 가족의 부부는 자신을 낳고 기른 부모의 가족과 관계를 맺고, 자신이 낳은 자식의 결혼을 통해 또 다른 가족과 관계를 맺으며 친족 관계를 넓혀간다. 아들이 결혼했고 딸이 결혼을 준비하는 위의 작품들에서 그 모습을 볼 수 있다.

"아기"가 가족의 구성원이 되면서 "우리 부부는 할아버지, 할머니가 되었고 딸은 고모가 되었다. 두 시동생은 작은할아버지가, 다섯 명의 여동생은 이모할머니가 되었다. 이종과 고종, 육촌과 사돈, 그 사돈의 팔촌도 새 이름을 얻었다". 화자는 외할머니, 아버지, 어머니, 시어머니, 길두 아재 등으로부터 받은 사랑을 그 "아기"에게 베푼다. 딸에게도 "시집을 간다니 기쁘기 그지없지만, 걱정"한다.

5

부부는 조율의 과정을 공유하고 있었다. 안방과 거실로 떨어져 있는데도 서로의 눈빛을 읽고 있는 듯했다. 말이 없어도 제때 다가가 도움을 주는 곡진한 모습은 강약이 잘 짜인 악보의 한 소절 같았다. 독일 병정을 닮은 남편의 포르테와 산토끼처럼 귀를 쫑긋 세우고 깨금발을 옮기는 아내의 피아니시모가 이룬 완벽한 하모니였다.

…(중략)…

친구네 부부에게도 튜닝이 필요할 게다. 처음엔 불협화음의 고통을 감수해야 할 테지만 조율의 시간을 거치고 나면 변형되기 이전의 소리를 찾을 수 있을 거다. 어쩌면 그들은 벌써 튜닝을 시작했는지도 모른다. 별거는 조율을 위한 잠깐의 해체일 뿐이니까.

이 밤에도 친구는 잃어버린 음(音)을 찾아 건반을 더듬거리고 있을 테지. 친구를 도와주고 싶었다. 전화를 걸었다.

—「조율사」 부분

작품의 화자가 의뢰한 피아노 조율사는 목발을 짚었는데 함께 온 그의 아내도 한쪽 다리를 절뚝였다. 아내는 "한 손에 큰 가방을 들고 다른 손으로는 남편을 부축하"고 있었다. 남편은 결혼 초에 사고로 다리를 잃은 뒤 마음에 큰 병을 얻어 "생계를 대신한 아내의 정성도 외면"했다. 그러던 중 아내마저 귀갓길에 교통사고를 당해 다리가 정상으로 돌아오지 않자 태도를 바꾸었다. 아내가 피아노 치기를 좋아하던 남편에게 함께 피아노 조율을 배우자고 제안하자 기꺼이 받아들인 것이다.

"88개의 건반과 200개가 넘는 현을 가진 피아노는 조화로운 음역으로 '악기의 대명사'로 불"릴 정도로 정교하므로 조율하는 일이 쉽지 않다. "청진기를 대듯 심장의 박동으로 혈류를 감지하고 숨소리로 심폐 기능을 진단"하듯이, 건반과 현을 일일이 두드려보고 정확한 소리를 되찾아야 한다.

장애인 부부는 "안방과 거실로 떨어져 있는데도 서로의 눈빛을 읽고", "말이 없어도 제때 다가가 도움을" 준다. 그 "곡진한 모습은 강약이 잘 짜인 악보의 한 소절 같"다. "독일 병정을 닮은 남편의 포르테와 산토끼처럼 귀를 쫑긋 세우고 깨금발을 옮기는 아내의 피아니시모가 이룬 완벽한 하모니"인 것이다.

피아노에서 "시기를 놓친 폐렴처럼 쇳소리 같은 기침이 새어 나"오는 데는 "이십여 년을 옮겨다"니는 동안 쌓여온 원인이 있다. 따라서 피아노의 조율에는 상처 받은 시간을 치유하는 것이 필요하다. "보물입니다. 세상에서 하나밖에 없는 소리지요."라는 인식으로 "흠집은 조심해서 고쳐야 합니다. 무리해서 없애다 보면 고유음을 잃고 말지요. 소리 속에는 상처의 크기와 무게까지 다 들어 있기 때문입니다."라는 자세를 가져야 하는 것이다. 따라서 "부부 사이도 그렇지요."라는 조율사의 말은 의미가 깊다.

화자는 조율사의 말을 듣자마자 "얼마 전에 만난 친구"를 떠올렸다. "별거 중이라"는 친구의 고백은 "늦가을 낙엽같이 바스락거리는 소리"로 들렸다. 가출까지 감행한 결혼이었기에 충격을 받은 것이다. "서울 부잣집 외동딸과 가난한 농가 장손의 만남은 캠퍼스에 순애보를 남겼"을 정도였다. 그렇지만 결혼 생활을 남편에게만 고정시켜 놓았던 그녀는 "남편이 회사에서 최고의 자리에 오르면서부터" 바뀌었다. "비서가 남편을 도우면서 우두커니 서 있는 날이 많아졌"고, "한층 패기 넘쳐 보이는 남편을 인정할수록 자신은 초라해"졌다. 그리하여 "남의 삶을 산 것 같다며 울음을 터뜨렸"고 끝내 별거에 들어간 것이다.

화자는 장애인 부부가 피아노의 조율을 다 마치고 "상기된 얼굴로 건반을 눌"러 "종달새의 비상"을 연주하는 모습을 바라보면서 친구의 새로운 가능성을 보았다. 친구가 피아노를 전공했기 때문에 더욱 기대감이 들었다.

화자는 "부부란 삶의 파고에서 생긴 흠집까지도 보듬어 세상에서 가장 애틋한 소리를 만들어가는 조율사"라고 생각했다. "처음엔 불협화음의 고통을 감수해야 할 테지만 조율의 시간을 거치고 나면 변형되기 이전의 소리를 찾을 수 있"으리라고 기대한 것이다.

6

현대사회에는 "가족은 단순히 언어에 의해서 포착될 수 있는 단일한 것이 아니"라 "많은 사회적 단위들이 어느 정도는 가족으로 생각될 수 있"*다. 전통적인 가족의 개념이 퇴색하는 대신 상징적인 가족의 개념이 생성되고 있는 것이다. 어떤 단체나 집단에서 구성원들 서로가 가족의 호칭으로 부르는 것이 그 모습이다. 구성원들 사이에 공동체 의식과 연대감이 공유되고 있는 것이다.

박금아의 수필들은 이와 같은 상황을 반영하고 있다. 가족주의의 울타리를 넘는 의지와 윤리로 자신과 인연이 된 존재들을 품는다. 주체성을 가지고 능동적이고 적극적으로 가족애와 대상애를 발휘하는 것이다. 그리하여 작품들에서 소개되는 가족은 일반명사가 아니라 특별한 지시대명사로 각인된다.

사랑하는 두 아들과 남편을 잃고도 의연하게 살다가 세상을 뜬 병갑이 아지매(「동백꽃 피는 소리」)를 비롯해 손님들에게 특별한 즐거움을 주는 동네의 뻥튀기 김 씨(「극장」), 제자 사랑이 지극한 최재호 교장 선생님(「교장 선생님과 오동나무」), 경기도 광명시 하안동 701번지 품앗이 가족들(「흔적」), 아파트 주민들이 버리는 쓰레기를 분리수거로 재활용하는 경비 아저씨(「제단을 짓다」) 등이 그러하다.

태왁에 생애를 매달고 하루에도 수십 번씩 바닷속으로 몸을 던지는 해녀로 살아온 할머니(「태왁, 숨꽃」), 평생 남의 귤밭에서 일해온

---

* 김경은, 「한국인의 가족에 대한 태도 : Q방법론적 접근」, 건국대학교 대학원 사회복지학과 석사학위 논문, 2009, 8~9쪽.

중년 여성(「"우린 날 때부터 어섰주."」), 시위 현장을 지나가다가 파출소장이 쏜 권총에 맞아 사망한 대학원생(「새」), 일제의 만행으로 만주로 끌려가 위안부 피해자로 살아온 할머니(「하늘말나리」), 영등포역에서 차 나눔 봉사를 하는 김 씨(「거리의 성자들」), 누이의 학비를 벌기 위해 제주도의 광어 양식장에 일하러 온 베트남 청년(「그의 누이가 되어」) 등도 떠오른다.

박금아는 구체적인 어휘와 감각적인 문체와 견고한 구성을 통해 가족애와 대상애의 화음을 이룬다. 가족 사랑을 개인적인 영역으로 침잠시키지 않고 공유의 가치로 끌어올린 것이다. 그리하여 박금아의 가족애는 현대사회의 물질주의와 인간 소외에 맞서는 친밀감과 역동성을 띤다.

孟文在 | 문학평론가, 안양대 교수

푸른사상
산문선
38

무화과가 익는 밤

초판 1쇄 발행 · 2021년 5월 30일
초판 2쇄 발행 · 2021년 8월 10일

지은이 · 박금아
펴낸이 · 한봉숙
펴낸곳 · 푸른사상사

주간 · 맹문재 | 편집 · 지순이 | 교정 · 김수란, 노현정 | 마케팅 · 한정규
등록 · 1999년 7월 8일 제2-2876호
주소 · 경기도 파주시 회동길(서패동) 337-16
대표전화 · 031) 955-9111(2) | 팩시밀리 · 031) 955-9114
이메일 · prun21c@hanmail.net
홈페이지 · http://www.prun21c.com

ISBN 979-11-308-1791-0 03810

값 16,500원

"이 도서는 2019년도 아르코문학창작기금 지원사업에 선정되어 발간된
작품입니다."